GENTOSHA OUTLAW BUNKO

悪《あく》女《じょ》の戦慄《わなな》き
夜の飼育

越　後　屋

幻冬舎アウトロー文庫

悪女《あくじょ》の戦慄《わなな》き　夜の飼育

一

店の名前を『カリギュラ』と言う。そこは夜の住人たちの溜《た》まり場だった。

『カリギュラ』の客たちはそれぞれの性癖を隠しながら昼間の時間を過ごしている。そして日が落ちると、昼間の人間関係からこっそりと抜け出し、吹き溜まりのようなこの店に集まってくる。

客の性癖はそれぞれ様々だが、ＳＭ趣味の人間が大半を占める。その中でも、これはマスターが男性で、しかもサディストであるからであろうが、やはりマゾの女性とサドの男性が多く集まってきているようだ。

ちょっと見は普通のバーと変わりが無い。スペースの半分をカウンター・バーが占め、もう半分をテーブル席が埋めている。全体で二十人も入れば満員になってしまう、中規模の広さのバーである。薄暗い照明の中で、客たちは普通に酒を飲み、談笑している。

だが、ゆっくりと見回してみると、やはり店の雰囲気は異様だった。

天井は格子に組まれた鉄柱で覆われており、そこに幾つもの環が取り付けられている。それは吊り緊縛のための設備だった。奥の壁には手枷足枷《てかせあしかせ》の付いた磔台《はりつけだい》が置いてあるし、緊縛されたジオラマ人形などが普通に飾られていたりする。

奥まった一角のテーブルに座っていた客が突然、同席の女性を縛り始めた。それに気付いた周りの客たちも集まってきて、店の中の雰囲気はさらに淫靡《いんび》なものに変わっていく。

縛られている女性はみんなに見られて恥ずかしがっているが、それは明らかにサディストたちを挑発するための媚態であった。果たして周りを車座に囲んでいる男女はその挑発に乗り、縛られている女性を一斉に責め始めた。

「ああ、いやらしい乳首してるなあ。こんなに乳首勃《た》てて、恥ずかしくないの？」

「は、恥ずかしいです」

「恥ずかしいわよね。私だったら、こんな格好を人に見られたら死んじゃうわ」

「あれ？　もうパンツ濡らしてるじゃないか。いやらしいなあ、本当に」

言葉責めに終始する者、体を愛撫し始める者、鞭や蠟燭《ろうそく》などの小道具を持ち出す者など、女は何人もの人間に責められていた。その倒錯的な雰囲気に次第に酔い始めている様子がはっきりと見て取れる。艶《なま》めかしい大きな声を上げて、身をくねくねと捩《よじ》り始める。

だが、店の中の客全員がこの調教に参加している訳ではない。何事も無いように普通に談笑し続けている一団もある。また、直接は参加しないが、興味深そうに女の様子を遠巻きに眺めている一団もある。

　北村真里亜は少し離れた場所から、その女の痴態を冷ややかに見詰めていた。

「ミンクちゃん、あれ、すごいよねえ。僕もミンクちゃんを、あんな風に責めてみたいよなあ」

　サラリーマン風の太った中年男が真里亜にそう話し掛けてくる。真里亜は艶然《えんぜん》とした笑みを浮かべ、男に秋波を送る。

　ミンクというのは、『カリギュラ』の中で使っている彼女の名前である。

　この店に集まる客はみな、昼間の世界で自分の性癖を隠して生きている。だから逆に、夜の世界では昼間の世界の素性を隠す。店で知り合った顔見知りを通じて、昼間の世界の人間に夜の性癖がばれてしまうのを怖《おそ》れるからである。

　だから、この店で人の素性を詮索《せんさく》するのはタブーである。どこに住んでいるのか、どんな仕事をしているのか？　自分から口にしない限り、訊《き》かないのがエチケットだ。

　だから昼間の名前をここでは使わない。真里亜も『カリギュラ』の中ではミンクで通している。

「いやだ。あんなことされたら、私おかしくなっちゃいますよ」

　そして、長い脚をさっと組み替える。ミニ・スカートの奥に隠れているパンティが見えそうになる。いや、中年男の角度から見ると、中がはっきり見えてしまっているかもしれない。

中年男の視線が、一瞬釘付けになる。真里亜は心の中で、男を笑う。

(この、ど助平)

真里亜のミニ・スカートは男を試す踏み絵であった。別の言い方をすれば、男を軽蔑するための道具だった。

真里亜は男を、肉欲だけで生きている下等生物と考えている。どんなに偉そうなことを言っていても、優しそうな素振りを見せても、一皮剝《む》けば女と一発やることしか考えていない獣《けだもの》に過ぎない。

真里亜が胸元の大きく開いたシャツで胸の谷間を見せ付けているのも、超ミニのミニ・スカートで美しい脚を投げ出しているのも、そんな男たちの本質を確認するためだった。こうして男を挑発するような素振りを見せ、その挑発に乗せられて相手が少しでも助平根性を曝《さら》け出したなら、相手の男はその後二度と真里亜に人間扱いをしてもらえなくなるのだ。

そして実際、真里亜のこのテストに合格した男は、まだ一人も居なかった。

もちろん、これは真里亜の心の中の話である。直接、そんなことを相手の男に伝えるわけでもないし、嫌悪感を露骨に表す訳でもない。だから男たちは、自分が真里亜の中でどんな評価を受けているのか、まるで気付いていない。

ただ、真里亜のことを、何を考えているのか分からない謎めいた女だと感じているばかりだった。

「いやあ、ミンクちゃん、綺麗な脚をしているなあ。見とれちゃうよ」

　真里亜が今自分のことをどんな気持ちで見ているのか知りもせず、例の中年男は必死で真里亜に話しかけている。なんとか真里亜の気を引いてベッドに連れ込もうと、あるいはこの場で緊縛して泣き狂わせてやろうと、必死になって口説いている。

　そんな男の必死さを嘲笑《あざわら》いながら、真里亜はわざと床に小物を落とし、それを屈《かが》み込んで取る動作をしてみせた。

　ブラウスの衿元《えりもと》から胸の谷間の奥の方まで覗《のぞ》けるようになる。中年男はまた隙《すき》だらけの視線を真里亜の胸元に投げ、生唾《なまつば》を呑む。

「ごめんなさいね。落としちゃった」

　真里亜の瞳が、冷ややかな色を宿す。

　真里亜は家出娘だった。どこから来たのか、誰も知らない。年は二十歳と言うが、本当の年は分からない。あまり生活感を感じさせない真里亜は、見ようによってはひどく大人びて見えるし、また、見ようによってはとても幼く見える。

半年前にふらっと現れた真里亜は、この街にあるキャバクラ『レディ・アン』に勤め始めた。そして男たちを骨抜きにしていった。真里亜はあっと言う間に、店のナンバー1になった。

顔立ちは、美人と言うよりもむしろ、ファニー・フェイスである。笑うと頬にえくぼが彫れ、口元から八重歯が覗く。

だが、きゅっと吊り上がった眉毛に、本当の気質の強さが滲《にじ》み出ている。何かを我慢する時に少し俯《うつむ》いて奥歯をキリリと嚙み締める仕草も、真里亜の負けず嫌いの性質の現れだった。

『カリギュラ』の常連たちの中で、真里亜には「鉄の処女」というあだ名が付いている。

初めてこの店に姿を現した時、真里亜は自分がマゾだと公言して憚《はばか》らなかった。それでいて、常連たちが幾ら誘っても、彼女は誰ともプレイをしないのだった。

彼女の魅力的な肢体に引かれて、口説いてくる男は多い。思わせぶりな素振りで男たちを誘惑しながら、真里亜はそのどの男とも一切関係を持っていない。噂では、『レディ・アン』に出入りしている客の中にも、真里亜をものにすることのできた男は居ないらしい。

『カリギュラ』とも、『レディ・アン』とも違う場所での真里亜のセックス・ライフは分からない。だが、少なくともこの二つの店で、真里亜は実に巧みに男たちの魔手を擦り抜け、自らの身を守り通しているのだ。

靡《なび》かぬ女神に男たちは夢中になった。『カリギュラ』の店内で、真里亜は常に男に囲まれていた。密かに「魔性の女」などと噂されながら、真里亜は常に男たちの中心に居た。

今もそうである。必死になって真里亜を口説こうとする中年男の会話に、心穏やかならぬ常連客たちがさっきから聞き耳を立てている。もし万一この中年男のナンパが成功しそうになったら、なんとしても阻止してやろうと身構えている。店の一角で行われている生ＳＭプレイも、今の彼らの興味を少しも引かない。

「何の話、してるの？　楽しそうじゃない」

とうとう、我慢しきれなくなった一人が、真里亜の横に座る。真里亜の向かいに座っていた中年男は、露骨に嫌な顔をした。

「ほら、あそこでプレイしてるでしょ？　あれがあんまり刺激的なものだから、ちょっと昂奮しちゃうねって、話してたんです」

「ああ、あれ？　大したことないよ」

後から来た常連は、ひとかたまりになってプレイに熱中している一団の方を向いて、自信たっぷりにそう言った。

「何しろ、まともな緊縛ができる奴が一人も居ないからな。見ろよ、あの縛り。酷《ひど》いもんだよ。俺ならもっと綺麗に縛ってやるのにな」

そして男は、真里亜の耳元に口を近付けて、耳の穴の中に息を吹きかけながら囁《ささや》いた。

「特に、ミンクちゃんみたいな素敵な娘《こ》は、思い切り悶《もだ》えさせてやるよ」

男の手が肩に回ってきそうな雰囲気を感じ取り、真里亜はすっと立ち上がった。

「あ、ミンクちゃん……」

「ごめんなさい。ちょっと、おトイレ」

そして真里亜は、さっと席を立ってしまった。男はバツが悪そうに、伸ばしかけていた腕を引っ込めた。向かいの中年男が、嬉しそうにニヤニヤと笑う。

「カサノバさん、ミンクちゃんに嫌われたみたいだね」

カサノバというのが、後から来た男の通り名である。カサノバはむっとした様子で中年男を睨《にら》む。

「スカルノさんだって、さっきからミンクちゃんに随分迷惑がられていたじゃないですか」

スカルノというのは、中年男の方の通り名である。スカルノも、むっとした様子でカサノバを睨み返す。

「そんなことはありませんよ。カサノバさんが割って入ってくるまで、私とミンクちゃんは仲良く話をしていたんですから」

トイレに行くふりをしながら、真里亜はチラリと後ろを振り返る。そして、自分を巡って口喧嘩を始めた二人を冷ややかに見詰めた。

ふと、こちらを向いたカサノバと目が合う。真里亜は、思わせ振りな笑顔で彼に笑いかけた。

カサノバの顔がさっと明るくなる。その表情の変化を不審に思ったスカルノが後ろを振り返るが、すでに真里亜は奥に消えてしまっている。

テーブルの雰囲気が、微妙なものに変わった。真里亜の目配せを受けたカサノバはすっかり上機嫌で、スカルノに向かって軽い冗談を言ったりする。一方のスカルノは何となく不機嫌になり、しきりに真里亜が戻ってくるのを待っている。

真里亜の帰りを待ち侘《わ》びているのはカサノバも同じだった。さっきの目配せで、この男はすっかり自信を付けてしまっている。きっと戻ってきた真里亜は一方的に自分とばかり話したがり、スカルノは無視されるだろう。真里亜が自分とスカルノのどちらに好意を持っているのか、これではっきりするわけだ。カサノバはそう思っていた。

だが、真里亜はそのテーブルに戻らなかった。カウンターの隅に座っている男に、まるで今気が付いたという様子で話しかけていった。

「まあ、マッチョさん、来てたの？　全然気が付かなかったわ」

マッチョと呼ばれたのは、がりがりに痩せた腺病質の男だった。マッチョというのは、自虐的な笑いを取ろうとして付けた受け狙いの名前だった。

「あ、ミンクちゃん」

突然真里亜に話しかけられ、マッチョはどぎまぎとしている。構わず真里亜は、マッチョの横の空《あ》いている席に座った。カサノバとスカルノは、呆然《ぼうぜん》としてその様子を眺めている。

「マスター、私、飲みかけのグラスを向こうの席に置いてきてしまったんだけど、新しく作り直してもらっていい？」

「いいですよ」

真里亜の前に新しいグラスが置かれる。マスターがテーブル席の真里亜のグラスを引きに行くと、カサノバとスカルノは不機嫌そうな顔でカウンターの二人を睨んでいた。

「あの、ミンクさん」

後ろから声を掛けられて、真里亜は振り返った。立っていたのは、二十歳代前半くらいの男性だった。頭を七三分けにして、いかにも謹厳実直を絵に描いたような顔をしていた。

つまり、真面目一徹の男である。有《あ》り体《てい》に言って、真里亜の一番嫌いなタイプだった。真里亜の目から見ればこういうタイプは男としての面白みに欠ける。あまりに退屈過ぎる相手だった。

だが、この男には、見覚えがある。おそらく、『レディ・アン』に来た客だろうと、真里亜は踏んだ。

真里亜は『レディ・アン』での源氏名もミンクにしていた。その方が自分でもややこしくなくて良かったし、『カリギュラ』で知り合った男をキャバクラに誘導するという営業活動も可能だから。

したがって、真里亜は『カリギュラ』の中で自分の仕事を隠していない。

だが、キャバクラの客と『カリギュラ』で出会うというのは、初めての経験だった。

「失礼ですけど、お店に来てくれてたお客様ですよね」

取り敢《あ》えず、相手のことを覚えている振りをする。男の顔が、ぱっと明るくなった。

「そうです。覚えていてくれたんですね」

「ここでは、なんとお呼びすればいいのかしら」

本名は使わないという『カリギュラ』のシステムがありがたかった。名前を覚えていないことが何の障害にもならない。

「ルイージと呼んで下さい」

「分かったわ。ルイージさんね」

言いながら真里亜は、ハンカチを胸元に差し入れた。衿を寛《くつろ》がせ、奥の方の汗を拭《ぬぐ》うような仕草をした。

ルイージと名乗った男の様子を、そっと窺《うかが》う。案の定、ルイージの目は真里亜の胸元に吸い寄せられ、今にも食いつきそうな顔をしている。

（この助平男）

真里亜は心の中で男に罵声を浴びせた。

「ルイージさん、こういうお店に出入りしているなんて、なんだか意外ね」

「意外ですか？　こういうの、結構興味があるんですよ」

「ルイージさんは、Ｓなの？　それとも、Ｍ？」

「Ｓです」

「そうなの」

「でも、実際にそういうプレイをしたことは無いんです。まだ、一度も」

そうだろうなと、真里亜は思う。

一見して、なんの面白みも無い男である。こんな男に縛らせてやって、自分の体を好きに弄《もてあそ》ばれてやろうなどという殊勝な女は先《ま》ず居ない。

「それは残念ね。してみたいと思ったことはあるんでしょ？」

「まあ、してみたいような、そうでもないような」

「そうなの」

真里亜はだんだん、この男の相手をしているのが面倒になってきた。

「ごめんなさい。ちょっと今、こちらとお話の途中だから」

「あ、すみません」

「また、お店にもいらしてね」

「はい、必ず伺います」

ルイージはまだ何か話したそうにしていたが、真里亜は隣りのマッチョの方に顔を向けると、それきりルイージへ注意を向けなかった。ルイージはちょっとの間そこに立ち尽くしていたが、やがてしょんぼりと向こうに行ってしまった。

「いやあ、今日のミンクさん、素敵ですね。僕、見惚《みと》れちゃいますよ」

なにしろ、カサノバ、スカルノ、ルイージと、三人の男を袖にして自分の隣りに座ってくれているのである。マッチョはいつになくはしゃいでいた。しきりに真里亜に話しかけ、着ているものから香水まで、次から次へと褒めちぎる。

そうなるとまた、真里亜はこの男が面倒で仕方無くなってくるのだった。

ドアが開いて、新しい客が二人、入ってくる。一人はジャンパーにハンチングを被《かぶ》り、浅黒く日焼けをした中年男、もう一人はダブルのスーツを着込んだ恰幅の良い男で、二人ともこの場にそぐわないほどの貫禄と迫力があった。

「あ、源次さん、ホオジロさん、いらっしゃい」

二人に気付いたマスターが挨拶をする。ジャンパーの男は本名をそのまま使って源次、ダブルのスーツの男は苗字の鮫島《さめじま》に掛けて、ホオジロザメのホオジロを通り名にしていた。

鮫島は広域暴力団、銀星会の若頭である。

もちろん、『カリギュラ』の客で鮫島の素性を知る者は居ない。ただ、なんとなく堅気でない雰囲気は感じるようで、鮫島が居る時の客はなんとなく、いつもよりも大人しかったりする。

一方の源次は、鮫島の秘密クラブの調教師だった。連日、新人の女たちを拘束し、性の手《て》解《ほど》きをするのが彼の仕事だった。

毎日仕事で女を縛っているのだからわざわざこんな店に出入りする必要は無いようなものだが、仕事の縛りとプライベートの縛りは違うのだろうか、源次は足繁くこの店に通ってきていた。

「あ、ホオジロさん、こんにちは」

「よお、別嬪《べっぴん》さん。今日も男連れで結構なことだな」

「いやだ、ちょっと話をしているだけですよ」

真里亜の言葉に、マッチョはちょっと傷付いたような顔をする。真里亜は気が付いていない風を装って、それを無視した。

ついでに真里亜は、源次も無視をした。鮫島だけに挨拶をして、くるりと背を向けてしまった。

源次は真里亜のお色気攻撃にまるで動じなかった唯一の男だった。

ならば、唯一認めるに足る男と考えるべきなのだろうが、そうならないところが女心の不思議さである。

真里亜のお乳にもスカートの奥にも興味を示さない男の出現に、真里亜は大いにプライドを傷付けられていた。その時以来、源次は真里亜がもっとも嫌いな男になった。

それで、ことあるごとに真里亜は、あらゆる手段を使って源次に嫌がらせを仕掛けてくるのだった。

一方の源次はそういうことがいたって面倒なタイプのようで、平然として真里亜を無視していた。そしてその態度がまた、真里亜をいっそう苛立《いらだ》たせる。

「源次さん、ちょうど良いところに来た」

二人が空いている席に座ったとたん、さっきから女を責めていた一団の男が一人、源次のところに寄ってきた。

「ねえ源さん、あの娘、吊っちゃってよ」

源次は、縛り上げられて、みんなによってたかって責められている女の方を見た。鮫島も、そちらを覗く。

「源次、手伝ってやんなよ」

「へえ、それじゃあ」

源次が立ち上がる。鮫島も立ち上がって、近くに寄ってきた。

「その縄を解きな」

「え？　解いちゃうの？」

「そんな縄の掛け方じゃあ、危なくって吊れやしねえ」

そして源次は、改めて女の体を縛り始めた。腕を後ろ手に括《くく》り上げ、胸縄をぐっと絞った時、女は喉の奥でうっと呻《うめ》いた。

「わあ、さすがに源さんの縛りだと、最初から声が違うわ」

「どう？　気持ち好い？」

「き、気持ち好い」

縛られている女は早くも縄酔いしているような顔付きになり、許しを乞うような顔で源次の方を振り返る。

源次は冷ややかな顔付きで女を縛り上げていく。その冷たい表情が女の被虐感を刺激するのだろう。はあっと溜め息を吐《つ》いて、女は諦《あきら》めたように俯いた。後は、源次の為《な》すがままである。

源次の手際はさすがにプロである。麻縄がまるで蛇のように踊る。余り縄がさっと床を這《は》って横たわり、また次の瞬間、するすると源次の手の中に収まる。そして女の体にいやらしく絡み付いていくのだった。

あっという間に、源次は女を高手小手《たかてこて》に縛り上げていた。

「どうだ。どこかきついところは無いか？」

「き、きつくないけど」

「きつくないけど、何だ？」

「きつくないけど、動けない」

源次に甘えているような女の口調に、源次の頬がにやっと歪《ゆが》む。

「そうか。動けないのか」

「う、動けない。全然、動けない」

「そうすると」

「うっ！」

源次に顎《あご》を持ち上げられて、女は思わず呻いた。続いて源次の手が、女の股座《またぐら》に突っ込まれる。

「ああああっ！　だ、駄目ぇ！」

「こんなことをされても、全然逆らえない訳だな」

「い、いやあっ！　ど、どうしようも無いぃ！」

源次の唇が耳を塞《ふさ》ぐ。女の眉間《みけん》に縦皺《たてじわ》が寄り、背中がぐっと後ろに反り返る。

「吊る前に、一度いっておくか」

「あああっ！　い、いやあっ！」

女の股間に伸びた源次の腕が、リズミカルに動き始める。女はもどかしげに身を震わせながら、源次の腕の動きに合わせて腰を動かし始めた。

「はああっ！　はあああっ！」

女の息遣いが、だんだん乱れてくる。時々、助けを求めるように、源次の瞳をじっと見詰める。

源次もまた、女の瞳を見詰め返す。ただし、自分の獲物がどの程度弱っているのか、まだ力を残しているのか、見極めようとする冷ややかな目で。

女の体に、ぐっといきみが入った。

「うううっ！　い、いくうっ！」

源次は単調な責めを続ける。女の体がぶるぶるぶるぶると震え始める。

「あ、あ、も、もう！　ああ、もう！」

それでも源次は、単調な責めを続ける。女のお尻の穴に、ぐうっと力が入った。

次の瞬間、突然源次の指のピストン運動が、激しく荒々しいものに転じた。女の体が、いっそう深く後ろに反り返る。

「あはあっ！　ひ、ひいいいいっ！」

そして女は、がくんと撥《は》ねた。そしてそのまま、ぐったりと横たわる。

周りを取り囲んでいた男女は、女のあまりに激しい乱れ方に声も出ない。呆然として、その場に立ち尽くし、痙攣《けいれん》を繰り返している女を見下ろしている。

特に女性は、不自然に腰を後ろに引いたりしている。責められている女の乱れようを見ながら、自分も欲情してしまっているのだ。

「立ちな」

まだ、陶然として身を震わせている女に源次が声を掛ける。女は源次の腕に助けられながら立ち上がるが、まだ足元がおぼつかない様子で、あっちにふらふら、こっちにふらふらと蹌踉《よろ》めいている。

「あっ！」

背中に縄を繋《つな》がれ、ぐっと引かれる。体がぐっと、上に伸び上がる。足が爪先《つまさき》立ちになって、縄一本で体が支えられる形になる。

源次はすばやく、女の片足に縄を掛け、片足吊りにした。続いてもう片足にも縄を掛けて吊り上げると、女の体は逆海老《ぎゃくえび》の形で宙に浮かんだ。

胴の辺りにも、一本縄を掛ける。長時間の責めを想定して体の負担を分散させる、支え縄であった。

縛り終わると、源次は女の体をぐっと後ろに引いた。次に起こることを予想して、女は辛《つら》そうに俯く。

「きゃあっ！」

乱暴に揺られて、女が悲鳴を上げる。天井の環を支点にして、女の体が振り子のように揺れる。

二度、三度、大きな振幅で揺すられ続けて、女の顔に恍惚《こうこつ》とした表情が浮かんでくる。明らかに女は、この浮遊感を楽しみ始めている。

そんな女の内股に、源次の手が伸びる。女の体が、空中で震える。

「ああっ！」

女の体の振幅が大きく後ろに振れて止まった瞬間に、源次は女の肌に触れる。再び女の体が動き始めると、源次の指は自然に女の肌を撫《な》でているような格好になるのである。

振り子は大きく前に傾き、またその反動で後ろに戻ってくる。戻ってきた体にまた、源次が触れる。再び女の体が前に動き始めると、源次の指が女の体を撫でていく。

「くううっ！」

体を振り回される浮遊感と、指で嬲《なぶ》られる隠微な感覚とが女を狂わせていく。周りを取り囲む見物人たちは、生唾を呑み込んだり、股間をもじもじさせたりしながら、この凄《すさ》まじい見世物に見入っていた。

「おや、もうお帰りですか？」

立ち上がって財布を取り出し始めた真里亜に、マスターが言った。

「ええ。また来るわね」

「源次さんがプレイを始めると、いつも帰ってしまうんですね」

「別に、そういう訳でもないんだけど」

「あの人のプレイは刺激が強過ぎますか」

真里亜の顔がちょっと赤くなった。それ以上追求すること無く、マスターは真里亜の料金の計算を始めた。

実は、マスターの言う通りだった。源次の責めを見ていると、真里亜は自分が責められているような気持ちになってきて、体が熱くなってしまうのだった。

もともとマゾッ気が強い真里亜は、この店の雰囲気が好きだった。店の中で頻繁に行われるSMプレイを見ていると、思わずぞくぞくしてくるような刺激があった。

だが、自分が縛られようとは思わない。今の真里亜は、改めて新しい男性と交際を始めるつもりも無かったし、男性の責めに身を任せようというつもりも無かった。

だが、源次という男は危険だ。もし、この男が無理矢理自分を押さえつけてプレイに持ち込もうとしたなら、自分は拒み切れないかもしれない。この男の慰み物にされ、好《い》いように弄ばれてしまいそうな気がする。

だからつい、逃げ出してしまうのだった。

「ミンクさん」

店を出たところで、真里亜は声を掛けられた。振り向くと、ルイージが立っていた。

「もう、帰るんですか」

「ええ。今日はちょっと、疲れてしまったものですから」

「僕、車で来てるんです。送りますよ」

真里亜は内心、舌打ちをした。こんな男を煙に巻いてやり過ごすのはなんでもないことなのだが、今の真里亜は本当にちょっと疲れていた。そんなことに神経を使わなければならないのも面倒臭かった。

「そう。奇遇ね。私も今日、車で来たんですよ」

「え？　あ、そうですか」

ルイージは、見るからにがっかりした様子を見せた。まだ若いせいなのだろうが、腹芸というのが全くできないタイプの男だった。

（本当に、面倒な奴）

女を口説くつもりならば、夢を見せてくれるような巧みな嘘の一つも吐《つ》いてほしいものだ。それができないのならば、初めから女など口説かなければいい。

「ルイージさん、奥様は？」

真里亜の方から逆襲する。もしルイージが妻帯者ならば、この問いで少し現実に戻って女遊びがしにくくなるはずだった。

また、この問いにはもう一つ、店外に出ても『カリギュラ』での名前を使い続けることで、真里亜がルイージのことを実は全く覚えていないのだということを、遠回しに伝える意味もあった。

「浅田です」

案の定、男は傷付いたような顔をして本名を名乗った。

「僕、浅田彰太です。覚えてくれていませんか？」

「ごめんなさい。お店のお客様は多いものだから」

真里亜はそっけなく答えた。もっとも、もし本名を聞いて思い出したとしても、ストーカーになりかけているこの男相手では、思い出せない芝居をしていただろうと思う。

「前にお店で話していたんだけれど、僕、恋人も居ないんですよ。だから、ミンクさんみたいな人が恋人になってくれれば、嬉しいなと思って」

「そう。で、そう言われた時、私はなんと答えたのかしら」

浅田彰太の顔が、少し明るく輝く。

「私も、浅田さんのような人の恋人になれたら嬉しいって。浅田さんのような人、前からタイプだったんだって」

「そう」

そんなもの、営業用のお世辞だ。それを真に受けて店の外まで付け回してくるなんて、どこまで野暮な男なんだろう。

「確かに、浅田さんみたいな人、私のタイプなんだけれど」

また、浅田の顔がぱっと明るくなる。

「でも、今は私も付き合っている人が居るし、他の男性と浮気なんて、ちょっと考えられないわ」

「え？　ミンクさん、恋人が居るんですか？」

「そうなの。とっても素敵な人なのよ。また今度、浅田さんにも紹介するわね」

「でも、お店で話した時には、今恋人は居ないって」

「お店で恋人の話なんてしたら、お客様が白けちゃうものね。だから、居ないってことにしてるのよ。だから浅田さんも、このこと、内緒にしておいてね」

「そうなんですか」

「今日もこれから、デートなの。いけない、遅れちゃうわ。それじゃ浅田さん、ごめんなさい」

「あ、さようなら」

真里亜はすたすたとその場を去ろうとする。が、ふと思い出したように、後ろを振り返って、浅田にこう言った。

「浅田さん、お店には何度くらい来てくれたのかしら」

「二回です」

「そう、二回」

「はい」

「もしあと三回来てくれたら、名前も顔も二度と忘れなくなると思うんだけど」

「え？」

なおも何か話しかけようとする浅田を置いて、真里亜はさっさと行ってしまった。そして二度と振り向かなかった。

二

その日、真里亜は朝から憂鬱《ゆううつ》だった。

特に理由がある訳ではない。時々起こる、発作のようなものである。前日飲み過ぎた訳でもなければ、生理が近い訳でもない。とにかくもう、気分が塞いで、何もかも面倒なのだ。

目覚ましを見ると、もう十時過ぎだった。今日は店に午後一時に出勤することになっていたが、こんな気分では出かける気にもならない。真里亜は、携帯を取り上げ、店の番号を押した。

「もしもし、『レディ・アン』です」

「あ、店長？　ミンクです」

「ああ、ミンクちゃん？　お疲れ様。どうしたの？」

「あのね。今日、体の具合が悪くて、起きられそうもないの。ごめんなさい。お休みさせて下さい」

「また？　ミンクちゃん、ちょっとお休みが多過ぎるよ。困るよ」

「すみません。明日からまた、がんばります」

「そんなに体の調子が悪いんだったら、一度病院で診《み》てもらってきたら？」

「いえ、そんなんじゃありませんから」

「本当に、気を付けてよね。こんなことばかりしてて、贔屓《ひいき》客、他の女の子に取られても知らないからね」

「はい。気を付けますから」

電話が切れる。真里亜はもう一度布団に潜り込むと、また眠る。体よりも心が疲れて、どうしても起き上がることができなかった。


ようやく、起きることができたのは、夕方近くだった。窓の外を眺めると、街はもう薄暗くなり始めている。

(今日も、『カリギュラ』かな)

自分から遊びに参加する訳でもないのに、日が落ちる時刻になると『カリギュラ』が恋しくなる。それでついつい、店に足を運んでしまう。キャバクラでの仕事を終えた後などは、特にそうだ。

そんな訳でここ一月近く、真里亜はほとんど毎日『カリギュラ』に通い詰めていた。

ぐぐうっとお腹《なか》が鳴る。真里亜は、自分が朝から何も食べていなかったことに気が付いた。

(何か、食べないとな)

真里亜は食べることが嫌いだった。お腹が空《す》くたびに何か食べなければならないのが、面倒で仕方が無かった。できることなら、一生何も食べないで生きていける体になりたかった。

ごそごそと身を起こすと、着替えを始める。

贅肉のほとんど付いていないお腹は、綺麗に六つに割れていた。胸の谷間を強調するブラジャーを付ける前の乳房も、みんなが考えているほど大きくはない。ひょろりと伸びた細い脚は、これで体を支えていられるのかと心配になるくらいに細かった。

まるで少年のような、痩せっぽちの裸体が姿見に映る。真里亜はそれから目を逸《そ》らせる。

自分の体が大嫌いだった。自分の顔が大嫌いだった。だから、そんな自分の姿を突きつけてみせる、鏡が大嫌いだった。

ファースト・フードの店で、その日初めての食事を摂《と》る。野菜サラダにハンバーガーが一つ、それにコーヒーを一杯。おそらくこれが、今日、真里亜が食べる唯一の食事になる。意識的にダイエットをしている訳ではなく、本当に、それ以上食べたいとは思わないのだ。

残りの空腹感を真里亜は、一日に何杯も何杯も飲むコーヒーと、『カリギュラ』で注文するビールや水割りで満たしていた。

突然、真里亜の隣りに、若い男が座る。

「ねえ、彼女、一人？」

気が付くと、反対側の席にも別の男が座っている。背後にもう一人が立っていて、真里亜は三人の男に囲まれてしまった格好だ。

三人の男の視線は、そろって真里亜の胸元に集まっている。もし今真里亜が服を脱ぎ捨て、くっきりした胸の谷間が消え去り、強調されている胸の膨らみが消えてしまったとしたら、この男たちはどんなにがっかりすることだろう。

「一人だけど、何か用？」

「ねえ、お話しようよ。俺、山田哲夫。こっちが田中光男で、あっちが小川健一。きみ、名前は？」

「ミンク」

「みんく？」

真里亜は、店の名刺を三枚出すと、自分の源氏名を書き込んで三人に渡す。

「『レディ・アン』ってお店で働いてます。また、遊びに来てね」

三人の顔に一瞬、白けたものが走る。なんだ、素人《しろうと》じゃないのかという失望が露骨に顔に出る。

だが、その表情はすぐに消える。逆に、金を使わずに商売女を抱くという、前向きな闘争心がめらめらと燃え始めているらしかった。

「ねえ、今、暇なんだろ。遊ぼうよ」

「俺たちとドライブしようよ」

「ごめんなさい。今日はこれから、人と会う約束があるから」

「そんなの、すっぽかしちゃえば良いじゃん」

「俺たちと居た方が絶対楽しいからさ」

「でも、彼氏だから」

「彼氏？　何それ？　白けるって」

「無視、無視、そんなの。放っとけばいいじゃん」

「だったら、あなたたちから彼に言ってくれる？　それで納得したら、付き合ってあげる」

「ええ？　面倒臭いよ、そんなの。黙って行っちゃえばいいじゃん。自分が本当はもてないんだってこと、分からせてやった方が良いって」

「でも、そんなことしたら、後で大変だから」

「ええ？　なんだよ、そいつ。むかつくって」

「そんなむかつく奴、別れちゃえよ」

「彼、音羽組の組員なの」

「え？」

ナンパ男たちが、凍り付いた。

音羽組というのは、この地域に事務所を置く、銀星会系の暴力団だった。暴走族などとも関係を持っていて、この辺りに住んでいる若いチンピラでその名前を知らないものは居ない。

もちろん、これは真里亜のはったりである。だが、ナンパ男たちは、真里亜の雰囲気から、彼女がヤクザの情婦である可能性は高いと踏んだ。勤めている店がキャバクラというのも、いかにもそれらしい。

「おい、行こうか」

迷った末、リーダー格と思《おぼ》しき若者が立ち上がった。他の二人も、それに従っていく。

少し離れた場所で、これ見よがしに、三人が真里亜の名刺をゴミ箱に捨てていくのが見えた。真里亜は、ふふんと鼻先で笑う。

「豚」

女とやることしか考えていない癖に、女のために命を張る勇気も無い。本物の屑《くず》だ。真里亜はハンカチを取り出して、リーダー格の男が肩に腕を回した時に触れていた場所を神経質そうに拭《ふ》いた。

　と、また別の男が真里亜の横に座ってくる。さすがの真里亜も、うんざりする。

「相変わらずだな、真里亜」

　源氏名ではなく、本名で呼ばれた。驚いた真里亜が男の顔を見る。

　男は上に革ジャン、下にジーンズを、足にブーツを履いている。頭は髪一本乱れの無いリーゼントで、真っ黒なサングラスを掛けている。絵に描いたような不良ファッションだった。

「英俊」

「俺、音羽組とも結構付き合いがあるんだ。真里亜、お前と付き合っている組員が居るなんて、聞いたことが無《ね》えぜ」

　真里亜は、何も答えられない。顔の色がみるみる蒼褪《あおざ》めていく。そんな真里亜を、英俊と呼ばれる男は、面白そうに眺めていた。

　松川英俊は真里亜よりも一つ年上で、以前に住んでいた町での恋人だった。真里亜はこの男と、約一年、付き合っていた。

　特にこの男が好きだった訳ではない。ただ、自分の処女が重かっただけだ。てっとり早くセックスができる相手と考えていた時に、たまたま真里亜に声を掛けてきたのが英俊だったのだ。

真里亜は松川英俊に抱かれて女になった。英俊は毎日のように真里亜に関係を挑んできて、そして真里亜もその度に、英俊に体を許した。

最初はそれほどでもなかったセックスは、すぐに気が遠くなるほど好《よ》くなってくる。真里亜は、セックスに溺《おぼ》れ始めた。英俊がしたがった時だけ相手をしてやっていた真里亜は、いつしか自分から英俊を求めるようになっていった。関係が無い日が何日か続くと、渇いたように英俊が欲しくなった。もう、英俊の体無しでは生きていけないと思った。

だが、英俊の態度がすこしずつ変わってくる。真里亜命だった英俊が、他の女と浮気をするようになった。そのことを問い詰める真里亜に暴力を振るうようになった。

「あんな女のどこが良いんだ！　あんな女の！」

泣いて詰め寄る真里亜を、英俊は情け容赦無く殴り付けた。それでも真里亜は、英俊に縋《すが》り付いていった。全く好きではなかったはずの英俊にこれほど執着している自分が不思議だった。

嫉妬《しっと》すればするほど、涙を流せば流すほど、本当に自分は英俊のことが好きなのだという思いが強くなっていく。真里亜はまるで、自分で自分に暗示を掛けていくように、どんどん英俊にのめり込んでいった。

何度目かの浮気の時、とうとう真里亜は復讐を決意する。英俊とつるんでバイクを乗り回している不良の一人に、真里亜は体を投げ出した。

自分は浮気を繰り返していた癖に、英俊は真里亜の浮気を許さなかった。道の真ん中で、顔がぱんぱんに腫《は》れ上がるくらいに殴られた。果てしなく続く折檻に、とうとう真里亜は気を失った。気が付くと真里亜は、救急車の中で唸っていた。

後で友達に聞いた話だが、気絶した時、真里亜は英俊に突き飛ばされ、道路にひっくり返った。見通しの悪い道だったので、どの車も真里亜を轢《ひ》きそうになりながら辛うじて真里亜の体をよけていたらしい。

そんな真里亜を放ったまま、英俊は一人で帰ってしまったと言う。見ていた友達が慌てて飛び出してきて真里亜を歩道に引き戻したのだが、真里亜の体に車が掠《かす》りもしないで済んだのは奇跡に近いと、目撃した友人たちは口々に言っていた。

真里亜は英俊と別れる決心をした。そして、家も家族も友達も捨ててたった一人、見知らぬこの土地に移ってきた。

引っ越してきた住所を、真里亜は友人にも家族にも知らせていない。その頃の真里亜は、当時の自分を何もかも捨ててしまいたいと思っていた。むやみに人に居場所を伝えて、英俊に知れることも怖《こわ》かった。

なのに何故《なぜ》、英俊はここに居るのだろう。いったいどこで、自分の居場所を知ったのだろう。

驚きに顔を引き攣《つ》らせている真里亜を見ながら、英俊は愉快そうに笑った。

「言っただろう。俺は音羽組と色々関係があるんだ。ちょっと挨拶することがあって、出てきたのさ。ここでお前に会えるとは、思っていなかったけどな」

そして、英俊は立ち上がった。

「じゃ、行こうか」

「どこに、行くの」

「決まってるじゃねえか。寝るんだよ」

二人こうして顔を合わせたからにはそれが当たり前とでも言いたげに、英俊は真里亜の手を取った。真里亜は必死で身を固くする。

「悪いけど、英俊。あんたとのことはもう、昔のことだから。今の私は、あんたとそんなことするつもりは無いから」

「良いから来いよ。水臭いじゃねえか」

「いや！」

真里亜は、必死で英俊の腕を振り払った。英俊の顔付きが、変わる。

真里亜は身を固くする。殴られる、と思った。

だが、英俊の次の行動は、全く真里亜の予想外のものだった。

「うわあああっ！」

英俊は突然、大声で叫び始めた。店内の客は驚いて、一斉に二人の方を見る。

「真里亜は俺を許してくれない！　勝手に出て行って、やっと会えたと言うのに、俺に何一つ許してくれない！　一体俺が何をしたと言うんだ！　あんまりだぁ！」

「やめてよ、英俊！　人が見ているじゃない！　やめて！」

「真里亜！　俺は今でもこんなに真里亜を愛しているのに！　なのに真里亜は俺に冷たい！　なんでだぁ！　なんでだよう！」

「お客様、お静かに願います。他のお客様にご迷惑ですから」

「すみません。今、出ます。今、出て行きますから」

「うわあああっ！　くそうっ！　くそうっ！　くそうっ！」

店員に気兼ねして、真里亜は急いで英俊を外に連れ出そうとする。英俊は暴れ回って、なかなか真里亜の言うことを聞いてくれないが、それでいて、傍《かたわ》らに置いてあった荷物は置き忘れないように、ちゃっかり手に持っていた。

その鞄を見て、真里亜はぞっとする。

それは常々、英俊が調教に使っていた道具一式を入れていた鞄だった。その中には麻縄だの、バラ鞭だの、低温蠟燭だのがぎっしりと詰まっているはずだった。

真里亜にSMの味を教え込んだのは英俊だった。

だがその調教は、とてもプレイと呼べるものではなかった。英俊の調教の最中に、真里亜は何度も死にかけている。今でも真里亜の体には、一生消えることの無い痣《あざ》や傷痕《きずあと》があちこちに残っていた。脚や顔、腕など、服から露出して人目に付くところに傷を残さないところが英俊のあざとさだった。

お陰で真里亜は、家族の前でも安心して着替えのできない女になった。お腹や背中を露出するファッションも、もう二度と着られなくなった。

そして英俊が真里亜を折檻する時、いつもそばに置いていたのがあの鞄だった。

(英俊は、私を責めるつもりだ)

まるで偶然に会ったような振りをしているが、本当は違った。英俊は、もっと以前に真里亜を見かけていたのだ。今日は真里亜を責めるつもりで、わざわざ用意をして待ち構えていたのだ。でなければ、責め道具を入れた鞄を意味も無く持ち歩いているはずが無い。

だとすれば、英俊はいったいどこで自分を待っていたのか。たまたま入ったファースト・フード店で待ち伏せしていたはずがない。

（私の家だ）

真里亜の顔から、すうっと血の気が引いていく。英俊に、すでに自分の家まで知られている。もしかすると、もう逃げられないのかもしれない。

気が付くと、さっきまで騒いでいたのが嘘のように、英俊はけろっとして真里亜の方を見ていた。

「じゃ、行こうか」

「行くって、どこへ？」

「決まってるじゃねえか」

そう言うと英俊は、余裕たっぷりの態度で真里亜の耳元に囁いた。

「それとも、もう一度ここで、俺が騒ぎ出した方が良いか？」

真里亜の顔が恐怖で引き攣る。ぶるぶるっと頭を横に振る。

「お前、俺がお前の名前を呼んだ時、随分狼狽《うろた》えていたよな。もしかすると、この街で、本名を隠しているんじゃないのか？」

その通りだった。少なくとも、『レディ・アン』の客や『カリギュラ』の常連には、名前も住所も知られたくなかった。だから、さっき突然英俊が真里亜の名前を連呼し始めた時は、本気で狼狽えた。

「もしお前がまた抵抗するようなら、町中にお前の名前を広めてやる」

「い、いやっ」

英俊が、余裕の笑みを浮かべる。そしてまた、真里亜の耳元で囁く。

「お前は俺に逆らえない。分かるな？　お前はどうしても、俺には逆らえない」

真里亜の頭が、こくこくと縦に振れる。実際、今の真里亜には英俊に逆らおうという気力がすっかり失《う》せていた。ただ話をしているだけで、真里亜は自分がどんどん無力な存在になっていって、英俊の言い成りになるしかない木偶《でく》人形になっていくような気がした。

肩を抱かれる。それも真里亜は、黙ってされるがままになっていた。

頑《かたく》なに俯き、何も話をしない。それが唯一の、真里亜の抵抗だった。恋人であるようなないような、不思議な雰囲気の二人連れは、それでも一つに寄り添って歩いていく。

「おい、どこに行く気だ」

「どこって、ホテルに」

「そっちじゃねえ。こっちだ」

道を曲がろうとしていた真里亜を止めて、英俊は真《ま》っ直《す》ぐ進んでいく。

（ああ、やっぱり）

その道を真っ直ぐ進めば真里亜の家の方角になる。だから、道を逸れた方角にあるラブ・

ホテルに誘導しようとした。もし英俊が真里亜の家の位置を知らなかったとしたら、そこで一夜限りの関係を持ってそれで終わりにできる可能性もある。

だが、英俊は迷わず、真里亜の家の方角に進んでいく。やはりこの男はもう、自分の家を知っているのだ。知っていて、そこから自分を随《つ》けてきたのだ。

今度こそ、真里亜は覚悟を決めた。もう逃げられない。本当に自分は、この男から逃げられない。

ぎゅっと握り締めた手の平が、汗でじわっと湿っていた。


「あっ！」

部屋に入ったとたん、真里亜は押し倒された。鍵を締める余裕も無い。

「やめて。もう、そういう関係じゃないんだから」

服を剝《は》ぎ取ろうとする英俊に、真里亜は必死で抵抗した。体を無茶苦茶に動かす。両腕を突っ張る。顎《のど》をぐっと引いて、キスをさせまいとする。

ごんっ！　ごんっ！

英俊の平手が、真里亜の顔に、頭に、体のあちこちに当たる。

いや、これは平手打ちではない。空手でいう掌底打ちだ。英俊の手の骨が顔のあちこちに当たり、すごい音を立てる。

「おとなしくしろよ、このアマ。おとなしくしろ！」

びりびりっ！

「あぁっ！」

真里亜の服が音を立てて裂ける。煽情的なブラジャーが露《あら》わになる。

その瞬間、真里亜の力が抜けた。ぐったりとして、英俊の陵辱に身を任せてしまう。

「駄目。いや」

口だけはまだ抵抗を続けていたが、それは形だけのものに過ぎない。明らかに真里亜は、英俊に犯されるというシチュエーションに酔い始めていた。

「お願い、乱暴しないで」

これは、もっと乱暴に私を犯してという意味だ。押し倒され、散々殴られ、服をぼろきれのように破られて、犯される。その惨めさに、真里亜は酔った。

真里亜はずっと望んでいた。乱暴で、力強くて、男としての魅力のかけらも無い野蛮人に陵辱されることを。

もちろん、それは妄想である。現実に、そんな男が現れてレイプされたら困る。

だから、自分をそんな気分にさせてくれる、安心できる男を捜していた。真里亜が『カリギュラ』に出入りしていたのも、そんな男との出会いを求めていたからだ。

そんな男は一人も居なかった。みんな、女を抱きたいスケベ心だけは一人前の癖に、自分を汚してまで女を手に入れる勇気の無い臆病者ばかりだ。

いや、源次と呼ばれる男が、強《し》いて言えば真里亜の求める男性像に近いかもしれない。だが、そんなプレイを任せられるほど、真里亜は源次に心を許すことができなかった。

（やはり私には、英俊しか居ないのかもしれない）

乱暴な男である。不実な男である。真里亜に対する心遣いなど爪の先ほども無い、傍若無人な男である。

だが、家族も捨て、生まれ育った町も捨てて逃げた先で、やはりこうしてこの男に出会ってしまった。もしかすると、私の運命の赤い糸はこの男の指と結ばれているのかもしれない。

「うっ！」

パンストを裂かれた。びりびりっという音に、また体が反応してしまう。

パンティの股刳りに、英俊の指が掛かる。脱がせることもせず、股刳りだけを脇にずらせると、真里亜の一番恥ずかしい場所が露わにされる。

「なんだ、もうこんなに濡れてるじゃないか。へへ、お前は本当にいやらしい女だぜ」

「ああ、お願い、言わないで」

「恥ずかしいのか」

「恥ずかしい。すごく恥ずかしい」

「恥ずかしいのに、こんなに濡らしているのか、お前は。本当に、淫乱な女だな、お前は」

「お、お願い。そんな言い方をしないで」

「淫乱！」

「ああっ！」

英俊の顔が、にやっとする。

「お前、今また濡らしただろう」

「い、いや！」

「俺が淫乱と言ったとたん、ここからぴゅっとお汁が湧いてきたぜ。あんないやらしい言葉で辱《はずかし》められるのが、そんなに気持ち良いのか」

「ち、違う」

「どこが違うんだ、この淫乱女！」

「あっ！」

「変態！」

「ああっ！」

「牝豚！」

「い、いやあっ！」

英俊は突然立ち上がると、真里亜の顔をぐっと踏み付けた。どうやら、自分の言葉に自分で酔い始めているらしい。

危険だ、と真里亜は思う。こうなってからの英俊の折檻は常軌を逸している。本当に殺されるかもしれない。

だが、英俊が言葉に酔っている以上に、真里亜も酔っていた。もう、股間の割れ目は愛液でぐしょぐしょになっている。多少の危険を伴ってもいい、今の自分を満たして欲しい。

（いっそ、殺して）

このまま、英俊に纏《まと》わり付かれ、昔のようにぼろぼろにされ、昔のようにずたずたにされるくらいならば、今死にたい。死んでしまいたい。

真里亜は、脂の臭いのする英俊の足に踏み付けられながら、そっと上を見上げた。

「お願い」

「なんだ」

「早く、縛って」

英俊の顔に、勝ち誇ったような狂気が浮かぶ。真里亜の顔を踏み付けている足に、ぐぐっと力が入る。

「い、痛い」

「縛って欲しいのか、この変態女」

「痛い、英俊、本当に痛い」

「縛られて、虐《いじ》められたいんだろう！　正直に言え、この変態！」

「ぐうっ！　ぐぐうっ！」

　ぐいぐいと踏み込んでくる足の圧力で、頭の骨がみしみしと鳴る。ここで頭蓋骨が砕けてしまえば、真里亜は本当にここで死ぬ。

　そして嗜虐的な自分に酔っている今の英俊に、死なぬ程度になどと言った分別を期待することはできない。真里亜の悲鳴に余裕が感じられなくなってからも、英俊はさらに深く足に体重を掛けてくるのだった。

「よし、望み通り縛ってやる」

　間一髪のところで、英俊はそう言った。軋《きし》んだ頭蓋骨の上から英俊の脂足が去っていく。

　真里亜は大きく息を吐くが、死に直面していた人間の動悸はそう簡単には収まらなかった。

「あっ！」

　乱暴に俯せに転がされ、真里亜は悲鳴を上げる。体に纏わり付いていたぼろきれが取り払われ、真里亜は全裸に剝かれる。

　そして真里亜の体を、英俊の縄が高手小手に縛っていく。縄目の揃わない、いかにも雑な縛り方だった。

　力だけは強い。ぐいぐいと締め上げられると、血の流れの止まった腕の先が早くも痺《しび》れてくる。

　こうして縛られて、腕の感覚が消えて動かなくなってしまったことがある。その時は一週間くらい、両腕が全く使えなかった。このまま一生、腕が使えないままになるのではないかと思って、死にたくなった。

　そんなことがあってから、さすがの英俊も縄の絞り方を加減するようになった。だが、頭に血が上ると、やはりこういう無茶な縛り方をするのだ。

　今日は特に、自分から逃げた真里亜に対する復讐心もあるのだろう、縛り方が荒かった。もしかすると、腕が萎《な》えてしまったあの時よりも邪険かもしれない。

（まあいい、どうせ死ぬんだ）

　真里亜はもう、今日の英俊の折檻から生きて解放されることは無いと覚悟していた。ならば、腕が萎えようが、この先全く使えない状態になろうが、どうでもいい話だ。

　上半身に続いて、下半身も縛られる。これで真里亜は、まったく身動きの取れない丸太になった。

「お願い、口も塞いで」

真里亜に言われて、英俊は猿轡《さるぐつわ》を噛ませる。真里亜の穿《は》いていたパンティとパンストを口の中に押し込み、上からタオルを噛ませて後ろでぐっと絞る。真里亜はわざと少し騒いでみたが、微《かす》かな呻き声が洩《も》れただけだった。

(これで、どんな酷いことをされても、逆らえない)

今日の緊縛は真里亜にとって、死の準備だった。腹を蹴《け》られて内臓破裂で死ぬのか、折れた肋骨《ろっこつ》が肺に突き刺さるのか、それとももう一度頭を踏まれて頭蓋骨陥没で死ぬのか。いずれにせよ、あまりの痛み、苦しみに負けて自分が逃げ出してしまわないように、こうしてぐるぐる巻きに縛ってもらい、猿轡で悲鳴も出せないようにしてもらったのだ。

「うっ!」

背中に鞭の感触を感じて、体がびくっと震える。自ら好んでそうなったとは言え、身動きできない状態で、しかも許しを乞うことさえできない状態で鞭を受けるのは、恐い。死ぬほど恐い。

「いくぞ、真里亜」

背中をなぞる鞭の感触に、背中がびくっ、びくっと震える。次に来る衝撃の予感に、抑えようとしても震えが止まらない。

「今日はどれだけ泣こうが喚《わめ》こうが、許してはやらないからな」

「ううっ」

「覚悟をしておけ」

英俊の言葉に、真里亜の股間がじゅんと熱くなる。溢《あふ》れ出した愛液が太腿《ふともも》を伝う。

その愛液を、英俊の指が掬《すく》う。その瞬間また、真里亜の体がびくっと震える。

「おい、真里亜。なんだ、これは」

「ううっ」

「まだ何もしていないのに、縛られただけで、鞭の先で撫でられただけで、お前の体はこんなに濡れるのか。まったくいやらしい女だな、お前は」

(言わないで。お願い、言わないで)

猿轡の奥で、哀願する。だが、それはもごもごとした不明瞭な呻きにしかならない。

「こんないやらしい女は、お仕置きをしてやらないとな」

そして、指の感触が、体から消える。

真里亜はじっと目を瞑《つぶ》っていた。これまでの経験で分かる。英俊は今、鞭を構えている。

その鞭は、今まさに真里亜の体に打ち落とされようとしている。

「いくぞ、牝豚」

次の瞬間、背中にずんっと重い衝撃が走った。真里亜の体が、鈍い音を立てた。

「ぐうっ！」

思わず、声が洩れる。全身にいきみが入り、両手をぐっと握り締める。真里亜の体から、早くも脂汗が滲んだ。

英俊のバラ鞭は、とんでもない鞭だった。

鞣革《なめしがわ》が二枚張り合わせられていて、鞭先の一つ一つがひどく重い。打たれると、皮膚の痛みよりもずんと沈み込んでくる体の奥の痛みの方が堪《こた》える。

しかも、革の切り口が鋭角にとがっていて、強く打たれると皮膚が切れるのだった。つまり、体の表面と奥と、両方に強いダメージを与える造りになっていた。プロのM女が恐がって受けるのを拒否したというのが、英俊の自慢だった。

そんな鬼畜の鞭の第二撃が、真里亜の背中を襲う。

「ぐっ！　うぐうっ！」

体が、震える。体勢を保っておれずに、真里亜の体が横倒しになる。

横倒しになった体を、英俊が乱暴に引き起こす。

「くううっ！」

「誰が横になっていいと言った！　じっとしてろ！」

　そして、英俊の三撃目が真里亜の太腿に当たる。予期していなかった場所に痛みが走り、真里亜は横飛びに逃げた。逃げればますます英俊を刺激するだけと分かっていながら、本能から来る恐怖心は消せなかった。

「こいつ、まだ俺に楯突《たて》くつもりか！」

　第四撃は腰骨の横に当たった。骨が軋む感触が脳天の先に突き上げてきて、真里亜は絶叫して体を震わせた。第五撃は下腹に当たった。息が詰まって、目を剝いた。第六撃は胸の谷間に当たった。皮膚が切れて、一本の線になって血が滲んできた。

　そこから先はもう、何発打たれたのか記憶に無い。英俊は狂ったように鞭を振り続け、真里亜の体は常時どこかに激痛が走っていた。

　内臓が痛い。骨が痛い。裂けた皮膚が痛い。裂けた皮膚の上に新たに鞭が当たった時などは、あまりの痛みに泣き喚いてしまう。

　それでも、英俊の鞭は止まらなかった。ついに真里亜は、気を失ってしまった。

　夢を見た。夢の中で真里亜は、体を切り刻まれていた。

　切り刻んでいくのは、言うまでもない、英俊だ。トレイの上に並べられていく生肉を、真里亜の首が不思議そうに眺めていた。

時々英俊は摘《つま》み食いする。男の割に綺麗な舌先をペロリと出して、薄くスライスされた真里亜の赤身を呑み込んでいく。

くちゃくちゃ音をさせて英俊が肉を嚙み砕いていく様《さま》を見て、真里亜はまた、自分の下半身が濡れてくるのを感じていた。

首だけの真里亜に、下半身などあるはずがないのに。


目を覚ますと、真里亜の縛《いまし》めはもう解かれていた。体のあちこちが、ずきずきと痛む。

(生きている)

醒《さ》めた感情で、真里亜は自分の生存を確認した。死なずに済んだという感慨は無い。かと言って、死に損なったことに対する落胆も無い。ただ、これで解放されると思った退屈な日常を明日からも続けていかなければならないことを、少し面倒臭いと思っただけだ。

だんだん意識がはっきりしてくるにしたがって、自分の体が縄以外のものに締め付けられていることを感じてくる。

それは、英俊の腕だった。英俊は、おいおい声を上げて泣きながら、真里亜を抱きしめているのだった。

「ごめんよ、真里亜。ごめんよう」

いつものことである。昂奮した英俊はいつもこうして真里亜にひどい暴力を振るうのだが、突然我に返り、そして今度は、泣きながら真里亜の許しを乞い始めるのだ。

真里亜の顔が、引き攣り始める。心臓が、ドキドキと鳴る。

真里亜は痛む腕を英俊の背中に回し、そして強く抱き締めた。

「泣かないで、英俊。私は大丈夫。大丈夫だから」

そして真里亜も、目から大粒の涙を流し始めた。

これも、いつものことだ。英俊が泣き出すと、真里亜は堪らなく不安になってくる。さっきまで受けていた暴力の何倍も殴られてもいい、蹴られてもいいから、涙を流さないでほしいと思ってしまう。何事も無かったように、笑ってほしいと思う。

「泣かないで、英俊。愛してる。愛してるから、泣かないで」

「俺もだ。真里亜、お前を愛している。どんな女より、お前のことが好きだ」

「嬉しい、英俊。嬉しい」

「だから本当は、お前に乱暴なんてしたくないんだ。それなのに、なんでお前は、俺に殴らせるんだ。真里亜、俺はお前に、乱暴なことなんてしたくないのに」

「ごめんなさい。ごめんなさい」

「今度だってそうだ。なんでお前は、俺から逃げ出そうとしたんだ。お前が俺から逃げることなんて、できる訳が無いじゃないか。なのにお前は、なんで逃げたりしたんだ」

「ああ、ごめんなさい、ごめんなさい。何度でも謝りますから、もう泣くのはやめて。もう、許して」

「ああ、真里亜。真里亜ぁ」

真里亜は、涙でぐちょぐちょになっている英俊の顔を無理矢理上げさせて、そして唇を押し付けていった。舌を割り入れた。そして両手で英俊の頭を抱き締め、髪の毛をくちゃくちゃにしながら撫で回した。

いつもこうだ。英俊が泣き出すと、真里亜はおかしくなる。普通でなくなる。心臓がどきどきして、頭の中がぐちゃぐちゃになって、自分でもどうしてよいのか、まるで分からなくなってしまう。

なにがそんなに不安なのか、なんでそんなに心乱れるのか、自分でも分からない。とにかくただもう、真っ暗な宇宙空間に一人投げ出されてしまうような、そんな心細さに動揺し、錯乱し、とても正気でいられなくなるのだ。

だから夢中で、英俊に縋り付いてしまうのだ。

泣き止《や》んでしまえば、英俊はまた普段の英俊に戻り、真里亜を蔑《さげす》み、顎で扱《こ》き使い、筆舌に尽くしがたい暴力で真里亜を苦しめることが分かっているのに、それでも真里亜は英俊の涙に耐えられないのだった。

　気が付くと、英俊は泣きながら真里亜の乳首を咥《くわ》えていた。ぺろぺろと、舌先で乳首の先端を舐めてくる。

「ああっ！」

　真里亜の体が震える。パニック状態に陥っている時の真里亜の性感は、日頃の倍以上敏感になっている。乳首を舌先が掠めただけで、全身から力が抜け落ちていく。

「真里亜。真里亜」

　まだ泣いているのか、もう泣いてはいないのか、英俊は真里亜の乳房に顔を埋めたまま、片手でもう片方の乳房を揉《も》みしだき、残った方の手を真里亜の股間に押し込んできた。

「ああっ！　ああっ！」

　感極まった悲鳴を上げながら、真里亜は英俊の頭を撫で回し、乳房に押し付ける。英俊の指が中に入ってきやすいように、両脚を思い切り押し開く。

　性的に昂奮した声を上げながら、真里亜は勃起し始めた英俊の男根をぼんやりと見詰めていた。

三

「ああっ！　ああっ！」

今日も『カリギュラ』では、女性客が調教されている。例によって、女を調教しているのは源次だった。

吊られているのは、ミーナという女の子だ。彼女はSMクラブに勤めているのだが、店の源氏名を『カリギュラ』でも使っている。『カリギュラ』で知り合った客を、あわよくば自分の店に誘導しようという魂胆だろう。真里亜も同じことをしているので、分かる。

真里亜は、ミーナと話をしたことがある。ミーナの店ではサド男性とマゾ男性の両方の相手をさせられるのだが、ミーナを指名してくるのはマゾの男性ばかりで、店では男を虐める方の仕事ばかりをさせられるのだそうだ。

だが、元々ミーナが風俗の中でもSMの店を選んだのは、虐められることに興味があったからなのだ。それを、女王様の役ばかりをさせられて、面白くないらしい。だからこの店に虐められに来るのだ。

店の客の中でもミーナのお気に入りのサディストは、今虐めてもらっている源次だった。一度調教を受けて以来、源次の責めに痺れてしまったと言う。以来、店の中で源次を見つけると一番に飛んでゆき、源次のそばを離れない。

おかげでこうして、今日も憧れの源次の調教を受けていられるという訳だ。

「あああっ！　あ、熱いぃっ！」

片脚を高く吊り上げられ、上半身の方が低くなっている状態で、ミーナは源次に蠟燭責めをされている。

源次は本来、責めに道具を使わないタイプなのだが、ミーナを責める時には彼女の好みに合わせて蠟燭を用いるのだった。

元々背の高いミーナが吊られていると、それだけで迫力がある。その長身のミーナが体に蠟が垂れるたびに悶え、縄を軋ませる。店の中の客は息を呑んで、この淫靡な調教の風景に見入っている。

真里亜も、この光景をじっと見詰めている。

ミーナはもうすっかり錯乱してしまい、何が何だか分からなくなってしまっている。全身に脂汗を滲ませ、白目を剝き、体を震わせて源次の責めに耐えているミーナの姿は、見ていても体がおかしくなってきそうないやらしさがあった。

だから、日頃の真里亜なら、とうの昔に退散していたはずだ。

だが、今日は何も感じない。松川英俊のことで頭が一杯で、目の前の光景にも集中できない。

英俊。真里亜が初めて抱かれた男。その暴力に耐えることができずに、真里亜は生まれ育った町を捨てて逃げてきた。それなのに先日、見つけ出されて、犯された。

それでも真里亜は、責めるだけ責めたら満足して、家に帰っていくだろうと思っていた。

ところが英俊は、そのまま真里亜の部屋に居付いてしまった。帰らなくてもよいのかと何度か訊いてみたが、曖昧《あいまい》な笑顔を返してくるだけだった。

何かの理由があって家に帰れなくなったのだと、薄々気が付いた。真里亜の前に姿を現したのは真里亜を追ってきたのではなく、単に泊まれる家を探していたのだった。その時たまたま、真里亜を見付けたということなのだ。

いずれにせよ、今、英俊は真里亜の家に居付いてしまっている。真里亜の稼いできた金で遊び回り、女漁《あさ》りに励んでいる。

そして真里亜はまた、家出をする前と同じ、平安の無い暮らしに後戻りしてしまっていた。

部屋に帰ってからの真里亜は、英俊の小間使いだった。英俊に何か要求されれば、自分の都合は全部かなぐり捨てて、英俊の用事を最優先で片付けなければならない。そうしなければばすぐに英俊は癇癪《かんしゃく》を起こし、足腰が立たないくらいに真里亜を殴り付けるのだった。

英俊には、働く気が無い。真里亜を金の生《な》る木と勘違いしている。郷里で付き合っていた頃も、真里亜は随分と英俊に貢《みつ》いできたが、こちらに来てからというもの、英俊の生活費は全て真里亜の財布から出ている。今の英俊は、明らかに真里亜のヒモであった。

（こんなことをしていてはいけない）

本気で英俊と別れなければと思う。だが、一度逃げて逃げ切れなかったという思いが、真里亜の気力を奪ってしまう。自分はもう一生英俊から逃げることはできないのだという無力感が、今の真里亜を支配している。

そして、どっぷりと浸《つ》かり込んでしまえば、この生活も真里亜には快適な面もあった。何も考えず、全ての判断を停止して、英俊の言いなりに生きる生活は、真里亜にとってそれなりに居心地が良かった。

だから、今悩んでいるのはそういったことではない。問題は、女のことだ。

真里亜の部屋に転がり込んできて二ヶ月。このところ、英俊のお小遣いの金額がぐっと増えてきた。女に貢いでいるんだということはすぐに分かった。

（いったい、私は何なの？）

真里亜で満足できないのなら、追ってきてほしくなかった。それが心変わりなのだったら、心変わりした時点で真里亜を捨ててその女のところに行ってほしい。

キャバクラで一所懸命に働いて、稼いだ金を英俊に取り上げられ、そして英俊はその金でどこかの女に良い顔をする。そんな暮らしは耐えられない。

だが、もし本当に英俊に捨てられたなら、真里亜は平常心のままで居られるだろうか？　英俊とのことが生活の中の全てになってしまっている真里亜の前から突然英俊が消えてしまったら、頭がおかしくなってしまうかもしれない。

そう思えるほど、最近の真里亜は、朝起きてから寝るまで、英俊のことばかりを考え、英俊のためだけに行動しているのだった。

問い質《ただ》そうかと考えることもある。女が居るのでしょう、と。詰め寄っていこうと思うこともある。私のことだけを見て、他の女に余所見《よそみ》をしないで、と。

だが、言えば暴力を振るわれる。だから、黙っている。

それでも、今こうしている間にも、英俊が誰かと一緒に夜を過ごしているかもしれないと考えると、気が狂いそうになってくるのだ。

「ミンクちゃん」

後ろから声を掛けられて、振り向く。立っていたのは、浅田彰太だった。真里亜は心の中だけで舌打ちをする。

「あら、こんにちは、ルイージさん」

「ミンクちゃん、どうかしたの？」

「何が？」

「いや、最近、様子が変だなと思うから」

「そう？　自分では、そんなにも思わないんだけど」

「おかしいよ。元気が無くなった。ぼんやり、考え事していることが増えたし」

「自分では分からないけど、ルイージさんがそういうのなら、そうなんでしょうね。これから、気を付けます」

「いや、気を付けるとか、そういうことじゃなくて、一体何があったのかなと思って」

「申し訳無いけど、本当に何も無いの」

「だったら、良いんだけど」

「お気遣いは本当に嬉しいんだけど、今、一人で居たい気分なんです。他にお話が無いのなら、これで勘弁してほしいんだけど」

「あ、ごめん」

　真里亜の顔にちらっと怒りの表情が掠めたのを見て、彰太は慌てて立ち去っていった。その背中を、真里亜は不快そうに睨み付けていた。

「なんだ、機嫌が悪そうじゃないか」

「あら、ホオジロさん」

次に話しかけてきたのは鮫島だった。真里亜は、打って変わって愛想の良い女になった。

そして、いつも鮫島とつるんでいる、源次の方をちらっと見た。

源次も、こちらを見ていた。真里亜と源次の目が合った。

真里亜は平然として自分から目を逸らした。そして鮫島の腕に凭《もた》れ掛かっていった。

「ルイージさんたら、酷いの。私のこと、おかしいって言うんですよ」

「そりゃあ、失礼だな」

「でしょ？　後で、ホオジロさんから注意してやってくださいよ」

「ううん、若い者同士の痴話ゲンカに、中年の親父がしゃしゃり出ていくのもなあ」

「酷い。ホオジロさん、なんだか私に冷たくないですか？」

「あれ、ミンクちゃん、これは誰かとプレイした痕かな？」

タッチしてきた鮫島の指先を見て、真里亜ははっとした。先日、英俊に折檻された痕が、大きく開いた胸元からはみ出して見えている。

日頃の英俊なら決して蹴ってこない場所だった。きっと、狙いがくるったのだろう。家を出る前に鏡で確かめた時には綺麗に服に隠れていたのだが、やはり動き回っているうちに少しずつずれてきて、はみ出してしまったようだった。

知られたくない私生活の秘密を覗き見られた気がして、真里亜は狼狽えた。思わず、源次の方を見た。

源次はもう、真里亜の方を見ていない。だが、耳は真里亜と鮫島の会話に注意を向けている気配があった。

真里亜は、ぐっと気を引き締める。ここで動揺しては、ますます勘繰られるだけだ。

「いやぁ！　見ないで下さい。うっかり転んだ時に、テーブルの角にぶつけちゃったんですよう」

「そりゃまた、随分思い切りこけたもんだな」

「恥ずかしいですぅ」

「俺はまた、良いパートナーが見つかって、二人でこっそりプレイを楽しんでいるのかと思ったよ」

「いやだあ。そんなはず、ないじゃないですかあ」

「あれ、ビールがもう、無くなっちまったな。ミンクちゃん、悪いけど、注文してきてくれるかな」

「はあい」

言って真里亜が立ち上がる。鮫島に背中を向けても、営業スマイルを浮かべたままだった。ただ、さり気無く衿元を引き寄せ、傷を隠すことは忘れていない。

「はい、どうぞ」

「ああ、ありがとう」

「ホオジロさん、ごめんなさい。私、もう帰らないといけないんです」

「なんだい、俺が話しかけたとたんにお帰りか？　俺、嫌われたかな」

「そんなんじゃないんです。本当にもう、帰らないといけないんです」

「いいよ。だったら帰りな」

「ごめんなさいね」

「今度はもうちょっとゆっくり、付き合ってくれよな」

「はい！　絶対！」

真里亜は、鮫島の耳元に口を近付けていく。

「お店に来てくれたら、もっとゆっくり話せるんですけど」

「嘘吐け。すぐに指名が掛かってよそのテーブルに行っちまうんだろう」

「私、そんなに指名多くないですから」

「どうかな。まあ、嘘か本当か確かめるために、一度行ってみるよ」

「嬉しい。名刺、渡しときますね」

「ああ」

「じゃ、また」

「ああ」

そして真里亜は、弾むような足取りで店を出て行った。その背中を鮫島がじっと見詰めている。源次も、真里亜の後ろ姿にちらっと目をやる。

だが、源次はすぐにプレイに戻っていった。女の股間に突っ込んでいた指を、一段と激しく動かし始める。

「あああっ！　い、いやぁ！」

宙吊りにされたまま、ミーナが絶叫する。そして切なそうに頭を振る。

「い、いくうっ！」

そしてがくっと体を震わせ、そのまま気を失ってしまった。

『カリギュラ』のドアを閉めて、ようやく真里亜は営業スマイルを消した。そして、大きく溜め息を吐いた。

鮫島に指摘されたせいで、胸元の傷が気になって仕方が無い。真里亜はもう一度、服の衿を引き寄せた。

早く部屋に帰ろう。帰ってしまえば、もうこんな気を使わずに済む。真里亜は、足早に歩き始めた。


「ただいま。あっ！」

玄関を閉めたとたんに、真里亜は押し倒された。途中、コンビニで買い物をした袋が落ちて、中のものが飛び出してくる。

そして真里亜は、唇を塞がれた。酒臭い息が鼻の奥を刺激する。

「む、むうっ」

そして、胸をまさぐられる。乳首を強く抓《つま》まれて、真里亜の背中が反り返る。

「ふ、ふうんっ！」

色々問題の多い男だが、英俊の乱暴な愛撫は刺激的だった。こんな心地好さは、『カリギュラ』に出入りしている客とではきっと味わえないだろう。

真里亜は英俊の首を強く抱いた。そして、一旦離れた英俊の唇を追いかけるように、唇を重ねていった。

「犯して」

英俊の耳元で囁く。

「お願い、英俊。私を犯して」

酔ってとろんとしている英俊の目が、急に確かになる。そして、ぞくぞくするくらい下品で冷酷な笑顔を浮かべて、真里亜の乳房に目を落とす。

「この、淫乱牝豚女が。ああ、犯してやらあ」

真里亜は目を閉じて、その瞬間を待つ。それだけで股間が、じゅんと濡れてくる。

びりっ！

鋭い音を立てて、真里亜のシャツが裂ける。ブラジャー一枚で後は裸の、真里亜の上半身が剝き出しにされる。

真里亜の体が、ぶるぶるっと震える。この瞬間だけで、真里亜の意識は飛んでしまいそうになる。

こんなプレイをするようになってから、真里亜の服はどんどん少なくなっている。最近では、引き裂かれることを前提にして、なるべく安い服を購入するようになった。特に裂け方が潔い服や、裂ける時に高い音がする服は少し多めに買っておいて、好んでそれを着る。

最近の真里亜の衣服は、破り剝ぎ取られるためだけにあった。

今日真里亜が着ていた服も、派手な音を立てて鮮やかに裂けてくれた。その瞬間の妖しい被虐感に、真里亜の心は陶然と蕩《とろ》けた。

「あっ！　あっ！　あっ！　い、いやあ！」

「いやじゃねえだろう。こんなプレイが、死ぬほど好きな癖によ」

両手首を一つに括られ、台所に転がされる。ダイニング・テーブルの一脚にそれを繋がれ、体を下に引かれると、両腕を万歳の形で固定されてもう抵抗できなくなる。

そうしておいてから英俊は、真里亜のブラジャーを上に押し上げた。真里亜の乳房が、ぷるんと飛び出してくる。充血して、痛いほど膨らんでいる乳首が英俊の目の前に現れてくる。

英俊は、その乳首を指先で潰《つぶ》した。

「い、痛ぁい！」

思わず悲鳴を上げてしまった。それほど、英俊の抓り方は邪険だった。

だが、次の瞬間、痛みは股間の奥に響き、震えるような快感に変わる。その心地好い感覚に負けて、真里亜はあっ、あっ、あっ、と声を出した。

ぱしん！　ぱしん！

英俊の平手打ちが頰に飛ぶ。真里亜の頭が、右に左に揺れる。

この瞬間、真里亜は完全に錯乱した。もう、これがプレイなのか、本当のレイプなのか、区別が付かなくなってしまった。

「い、いやあっ！」

頭を振りたくり、全身で英俊に抵抗する。泣き喚く。真里亜の顔は、本物の涙でぐしょぐしょになっている。

それを英俊は、力任せに押さえつける。真里亜の顔を殴りつける。髪を鷲摑《わしづか》みにして振り回す。下腹の辺りに正拳突きが入る。

「ああっ、ごめんなさい。ごめんなさい」

意味も無く、許しを乞う。無力な女である真里亜は、英俊の情けに縋り、許してもらうしか助かる道が無い。

だが、英俊は非情な男だった。真里亜がいくら泣こうが喚こうが、手加減をしてやる様子など微塵《みじん》も無い。

パンストが引き裂かれる。紐パンが剝ぎ取られる。剝き出しになった両脚を、真里亜は必死で閉じ合わせる。

英俊はそれを引き割ろうとする。いくら男の腕でも、必死で擦《こす》り合わせている両脚を開かせるのは至難の業《わざ》であった。

それでも、片手を割り込ませ、自分の膝を割り入れて、少しずつ真里亜の両脚の間をこじ開けていく。そして自分の胴を、押し込んでくる。横向きに体を押し込んで、それからぐりっと縦に捻ると、もう真里亜の膝は大股開きの全開状態で身動きができない。

「い、いやあっ！」

英俊の指が剝き出しにされた真里亜の股間をすうっとなぞる。真里亜は本気で逃げようとするが、腕を頭の上で固定され、両脚を英俊の体で割り裂かれている体勢では逃げようもない。一撫でされるたびに身を震わせ、体を戦慄《わなな》かせながら、英俊にされるがままになっている。

「いやなら股を閉じてみろよ。それ、閉じてみな」

「あああっ！　閉じられない！　駄目なのぉ！」

英俊の太い腕が真里亜の顎をぐいっと持ち上げる。真里亜はあっと悲鳴を上げて顎を仰《の》け反らせる。こうして頭の動きを封じられてしまうと、真里亜の無力感は頂点に達する。もう、何をされても英俊のされるがままになっているしかないんだという諦めが、また新たな涙を誘う。

そして、真里亜の膣の入り口に、硬いペニスが押し当てられる。

「い、いやあっ！　駄目えぇ！」

真里亜の懇願など、英俊はなんとも思っていない。まるで何も聞いていないという顔で、英俊は腰を一気に突き出した。

真里亜の顔に恐怖の色が浮かぶ。腰がぐうっと反り返って、そしてぶるぶるっと震える。そして、叫んだ。

「い、いやぁぁぁぁぁぁっ！」

真里亜が絶叫するのも構わず、英俊は激しく腰を押し付けていく。まるで、男根を使って真里亜を刺し殺してしまおうとするような、荒々しい腰使いだった。

「ああっ！　ああっ！　ああっ！　い、いやあぁっ！」

真里亜は泣き叫ぶ。暴れ回る。英俊の両腕で抱え上げられ、宙に舞っている両足がばたばたと踊る。揺り動かす両手の力で、固定されているダイニング・テーブルががたがたと揺れる。右に左に忙しく揺れ動く頭に、真里亜の髪は乱れに乱れる。

真里亜の顔は、もうぐしゃぐしゃだ。涙と鼻水と涎《よだれ》が顔中にべっとりと付き、おまけに流れ落ちたマスカラが黒い縞模様になっている。

だがその一方で、真里亜は昂奮していた。普通のセックスでは到底味わえない、頭がおかしくなってしまいそうな強烈な快感が全身を包み、狂おしいほどの心地好さが膣の奥に響いてくる。

「ああっ！　い、いくっ！　いくいくいくぅっ！」

一段と激しい快感の波に押し上げられ、真里亜は体をぐっと反らせて絶叫した。英俊もまた、荒々しい腰の動きを一層強く激しくさせていく。乱暴に、乱暴に、自分の腰骨を真里亜の腰骨に叩きつけていくのだった。

「ああっ！　あはあああっ！」

声を限りに絶叫しながら、真里亜はいった。

だが、英俊の腰の動きはまだ止まらない。エクスタシーに達した直後で過敏になっている膣の中を、暴力的なリズムで擦り上げていく。いつものことだが、遅漏の気のある英俊は、いくまでに時間が掛かるのだった。

「あああっ！　あああああっ！」

真里亜は叫び続ける。ここから先はもう、我慢大会だった。過敏になった膣壁を擦り上げられる強烈な感覚に、耐え続けなければならない。英俊が射精に到るまで、真里亜はこの状態を耐え忍んでいかなければならないのだ。

「ね、ねえ。変になる。変になっちゃうよう。ああっ！　あはあああっ！」

あっという間に、二回目のエクスタシーが突き上げてきた。

それでも、英俊の動きは止まらない。真里亜の意識が朦朧《もうろう》としてくる。それでも体に響いてくる快感だけは一層強さを増していき、真里亜の精神を揺さぶっていくのだった。

突然、英俊のペニスが引き抜かれた。快感に満ちていたホールの中が、突然からっぽになった。

代わりに、さっきまで真里亜の股間に突っ込まれていたペニスが、真里亜の口に突っ込まれた。喉の奥の方まで一気に貫かれ、真里亜は思わずえずきそうになる。

「うおおおっ！」

獣《けもの》の雄叫《おたけ》びを上げながら、英俊が射精する。真里亜の喉の奥の方に、生臭い、ねばねばした精液が大量に吐き出される。

真里亜はそれを一気に飲み込んだ。油断をしていると精液が喉を塞いで窒息しそうになるし、もたもたしていると、精液の気持ちの悪い感触といやな臭いで吐きそうになるのだ。

かと言って、英俊の精液を吐き出したり、気持ち悪さに負けて胃の中のものを吐いたりすると、英俊の激しい折檻が待っている。真里亜は自分の呼吸器全体をポンプに変えて、思い切り気圧を掛けてそれを一気に胃の方まで吸い入れてしまった。

ようやく満足したのだろう。英俊は、萎えてもまだ大きさを残したペニスを真里亜の口から引き抜いた。自分の横にごろんとひっくり返った英俊の胸に、両腕を拘束されたまま、真里亜は擦り寄っていく。

いつもそうなのだが、英俊に折檻されたり、こうしてレイプ・プレイをされた後、真里亜は不思議な爽快感を感じる。

真里亜の心には毒がある。その毒は少しずつ真里亜の中に沈殿していって、真里亜の心を濁らせていく。真里亜はどんどん、無気力な人間になっていく。意地悪な女になっていく。自分が嫌いになっていく。他人が嫌いになっていく。世の中全てが、そして生きていること自体が耐え難いほど嫌になる。

そんな時、英俊に殴られたり、レイプされたりして、大声で悲鳴を上げ、泣き叫んでいると、溜まっていた毒が全部流れ出していく。一方では、悲しく、辛く、惨めな気分に落ち込んでいくのだが、もう一方で、自分がもう一度新しい自分に生まれ変われたような、そんな爽快な気分を感じる。

だから真里亜は、英俊と離れられない。真里亜という女が生きていくためには、英俊のような男が必要なのだ。

「汚えなあ。くっ付くなよ」

真里亜の顔の鼻水だの涎だのが付くのを嫌って、英俊は真里亜から逃げようとする。それでも真里亜は、英俊に甘えかかっていくのだった。

四

「え？　前借り？」

「そうだよ。時々、ミンクちゃんと一緒に来る彼氏、居るじゃない。彼がね、ミンクちゃんの許可は得ているからって言って、今日の分、持っていっちゃったよ。最初は断ったんだけど、ミンクちゃんが困っているって言うから、特別に渡したんだよ」

真里亜の勤めている店は日給制を取っている。英俊が給料を前借りしていったということは、今日一日、指名料などの特別手当ては別にして、真里亜は只働きをしなければいけないということだ。

真里亜は唇を嚙んだ。これまでも英俊には散々金を貢いできたが、店まで来て真里亜の給料を前借りしていくというのは、今までに無いことだった。とうとう、そこまで堕《お》ちたかと、真里亜は暗澹《あんたん》たる思いになった。

真里亜が英俊に渡す金を絞り始めたのは事実だった。英俊の金遣いは日に日に荒くなっていた。真里亜も金の生る木ではない。無制限に金を都合できると考えられるのは、ちょっと困る。英俊の背後に新しい女の影が見えるのも不愉快だった。

だが、英俊は真里亜に拒絶されても、自分の金銭感覚を改める気はさらさら無いらしい。直接、真里亜から引き出せないのならば、真里亜の職場から掠め取ってやろうという訳だ。

真里亜の深刻そうな顔を見て、店長は恐る恐る尋ねた。

「悪かったかな。本当は、うちの店、前借りは禁止なんだよ。ミンクちゃんはうちの稼ぎ頭だし、ミンクちゃんが困っているって言うから、特別に貸したんだよ。なんだかかえって悪かったみたいだなあ」

「これからは、あの人が何と言ってきても、お金は貸さないで下さい」

「分かった。そうする。ごめんね。でも、帳簿の問題もあるので、今回、支払った分は」

「分かってます。今日のお給料は、あの人から貰いますから」

「悪かったね、本当に」

「お願いします。これからは、くれぐれも」

「ああ、絶対に渡さないから」

なおも済まなそうな顔をしている店長を置いて、真里亜は控え室に入っていった。英俊の遊ぶ金のためだけの労働を、始めるために。

その日、仕事を終えて通用口から出てくると、真里亜を待っている人影が居た。

言うまでもない、英俊である。英俊は、ちょっと照れたような作り笑いを浮かべながら真里亜に近付いてきた。

長い付き合いだから、分かる。こんな顔をしてくる時は、真里亜に金の無心がしたいのだ。

この男は、勝手に人の給料を前借りしておいて、それをたった一日で使い切ってしまったのだ。

「よう」

相変わらず照れたような顔をしながら挨拶してくる英俊の体から、微かに女の移り香がした。さすがに真里亜はむっとして、聞こえない振りをして英俊の前を通り過ぎた。

「おい、ちょっと待てよ」

「離してよ」

後を追ってきて真里亜の腕を摑んだ英俊の手を、真里亜は邪険に振り払った。

いつもなら、それだけで英俊の顔色が変わったはずである。だが今日の英俊は、我慢強く笑顔を保っていた。

（やはり、金の無心なんだ）

一体、この男は自分のことをなんと思っているのだろう。勝手に給料の前借りをされて、その金を他の女に貢がれて、それでも甘い言葉の一つも掛ければ、まだまだ金を引き出せると思っているのだろうか。

考えれば考えるほど腸《はらわた》が煮える。真里亜は踵《きびす》を返して、英俊から離れていこうとした。

両肩を摑まれ、引き寄せられた。英俊の唇が、自分の唇に近付いてくる。

心臓が、とくんと鳴った。このまま目を閉じて、受け入れてしまいたいとも思った。

だが、やはり今はそんな気分になれない。顎を思い切り引き、顔を反対の方向に捻《ひね》る。両腕を突っ張って、英俊の体を近付けまいとする。

「やめてよ。いやだったら」

さすがに英俊も、今日の真里亜は一筋縄でいかないと悟ったようで、それ以上強引にキスを求めようとはしなかった。真里亜は鋭い目付きで、英俊のことをきっと睨んだ。

「いったい、どうゆうつもりなのよ」

「なんのことだよ」

「私のお給料、勝手に前借りしていったでしょ！」

「ああ、あれか」

英俊の表情が変化する。済まないとか、後ろめたいとか、そんな顔付きではない。露骨に面倒臭そうな、横着な顔だった。

「昔の友達に偶然会ったんでね。歓迎してやるのに、ちょっと懐《ふところ》が寂しかったものだからさ。最近、お前、まとまった小遣いくれないじゃないか。だからさ。悪かったよ」

「ねえ、英俊。仕事は探してるの？」

言っても結局いつもと同じ返事だと分かっていても、訊いてしまう。英俊は、働く働くと言いながら、求職活動をしているとは、どうしても思えなかった。

「探してるよ。なかなか、いい仕事が無くってね」

英俊の言葉は、どんどんぞんざいになってくる。それでも真里亜は英俊を責める。それが気に入らなければ、別に別れてくれても一向に構わないのだ。

「私の部屋に転がり込んできて、もう一ヶ月以上になるでしょ？　このまま、ずっと居られると思われると、困るのよね」

英俊の表情が、険しいものに変わった。あ、殴られると、真里亜は思った。

真里亜の心のどこかで、気持ちが萎縮する。だが、今日ははっきりさせなければという決意で、あえて真里亜は文句を言い続けた。

「女の部屋に転がり込んで、女の稼いだ金で養ってもらって、あんたそれで情けないと思わないの？　あんた、それでも男なの？　あっ！」

思い切り、頬を打たれた。頭の奥でゴンという鈍い音がして、真里亜の体が左に揺れた。

揺れた体を、英俊の平手が支える。また、頭の奥でゴンと音がして、今度は体が右に揺れた。足元がふらついて、地べたにぺたんとへたり込んでしまった。

　その上から圧し掛かるようにして、英俊はなおも真里亜を殴り続ける。

「この野郎！　お前、誰にものを言っているんだ！　お前一体、何様のつもりだ！」

「うわあっ！」

　真里亜は泣き出した。勝手に金を使われた悔しさと、浮気されていることへの怒りと、毎日の仕事の疲れと、いつも付き纏ってくる憂鬱感の重苦しさと、自分を支配しているつまらない男への嫌悪感と、そして今振るわれている暴力の痛さと。様々なものが入り混じった感情が爆発して、訳が分からなくなってくる。とにかくもう泣けて、どうしようもないのだった。

「女が居るんだろう！」

　激しく咽《むせ》び泣きながら、真里亜は英俊にそう抗議した。そして、拳《こぶし》で英俊の胸を打った。英俊は、一向に動じない。真里亜の拳をよけようともせず、真里亜の顔を、体を、ガンガン殴ってくる。

「やかましい！　俺が誰と付き合おうと、お前になんの関係があるんだ！」

「お前が女に使っている金は、私の金だ！　返せ！　今までお前が使った金、一銭残らず返せ！」

「黙れ！　生意気な口を利くな！　黙れ！」

突然、英俊の攻撃が止んだ。顔を上げてみると、英俊は誰かに吹っ飛ばされて、後ろ様に転がっていた。

「ミンクちゃん、しっかりして。大丈夫？」

そう言って助け起こしてくれたのは浅田彰太だった。どうやら、英俊が真里亜を殴っているところに偶然通りかかって、慌てて英俊を後ろに引き倒したということらしい。体格的に見て、英俊が彰太に負けるはずは無いのだが、不意を衝《つ》かれて対処しきれなかったのだろう。だが、対等に勝負をすれば、英俊は彰太に敵《かな》う相手ではない。体も鍛えているし、喧嘩慣れもしている。

見ると、英俊がゆっくりと体を起こしてきている。無様に尻餅を搗《つ》かされた屈辱で、顔を真っ赤にしている。

この男、殺される、と思った。

「逃げなさい。早く」

だが、彰太の耳に真里亜の忠告は聞こえないようだった。

「誰だか知らないが、あんた、恥ずかしくないのか？　女性に暴力を振るうなんて」

「いいから、早く逃げて！　あんた、殺されるわよ！」

「ああ、逃げよう。ミンクちゃん、君も一緒に逃げるんだ」

「私は良いから！　逃げなさい！　早く！」

だが、もう遅かった。英俊はもう立ち上がっていて、腕には拾った棒切れが握られている。棒の先に一本釘が刺さっているのが見える。真里亜は目眩《めまい》がして、気が遠くなってしまいそうだった。

この男は殺される。英俊は人殺しになる。

これから目の前で繰り広げられるであろう惨劇を思うと、怖くて頭がどうかなってしまいそうだった。

その時、後ろの方で悲鳴が聞こえた。

「きゃあああぁぁぁっ！」

会社帰りのＯＬだろう。たまたま通りかかったのだろうが、仁王立ちになって今にも真里亜と彰太に襲いかかってこようという様子の英俊に、何か危険なものを感じたらしい。

英俊は驚き、狼狽える。そして、真里亜と彰太の方を睨み付けながら、

「覚えていろ。これで済んだと思うな」

そして、一目散にその場を走り去っていった。

「だ、大丈夫ですか？」

その女性は二人のところに駆け寄り、心配そうに声を掛けてきた。

真里亜はむっとした。

助けてもらえたことは感謝する。今こうして、見ず知らずの真里亜のことを心配してくれている気持ちも、ありがたいと思う。

だが、その女は、真里亜の一番嫌いなタイプだった。

なんの屈託も無い瞳。いかにも育ちの良さそうな、みんなに大切にされてなんの苦労も無しに育ってきた、温室育ちのお嬢さん。きっとこの女は、真里亜がこれまでの人生で味わってきた辛酸や絶望など少しも感じたこと無く生きてきたのだ。

こういうまっすぐな女に寄ってこられると、それだけで真里亜は、自分のことを責められているような気になってくる。お前なんかに生きていく値打ちなど無いと言われているような、いやな気分になってしまう。

どうせあたしは野良犬だよ。人に踏み付けられながら生きている、汚れた雑草だ。

心の中でそう呟《つぶや》くと、真里亜はごそごそと立ち上がった。

「どうも、ありがとう」

「大丈夫？　口のところ、切れてるわよ。救急車、呼びましょうか？」

「いいです。もう大丈夫ですから」

「あっ、ミンクちゃん！」

立ち去ろうとする真里亜を、彰太が呼ぶ。女の前で源氏名で呼ばれ、真里亜の頭にかっと血が上る。

怖くて、振り返れない。今あの温室育ちのお嬢さんは、どんな顔で自分のことを見ているのだろう。なんだ、この女、水商売の女なのかという、馬鹿にした目付きをしているに違いない。きっと私のことを、軽蔑して見ているのだ。

「随いて来ないで！」

「放っておけないよ！　うちまで送るから！」

「あの人、私の良い人なの」

真里亜に言われ、彰太ははっと息を呑む。どうやらこの男は、真里亜が誰かと付き合っている可能性などまるで考えていなかったようだ。

「今、私とあの人、一緒に住んでるの。うちまで随いて来たら、今度こそあんた、あの人に殺されるわよ」

「そんな、ミンクちゃん、どうして」

彰太がまた、真里亜の源氏名を呼ぶ。真里亜の意識がまた、後ろの女の方に向く。

「だってあんな男、ミンクちゃんに相応《ふさわ》しくないよ。もったいないよ」

「なにが？」

「あの人のこと、悪く言うのはやめて！」

怒り出した真里亜に、彰太は言葉を詰まらせる。

本気で英俊のことを庇っている訳ではない。英俊がつまらない男であることは、彰太以上に真里亜がよく知っている。

だが、今はとにかく、彰太の言葉に逆らいたくて仕方がない。後ろのお嬢様同様、いかにもお坊ちゃまという雰囲気のこの男は、その存在自体が真里亜の感情を逆撫でにする。

「帰って」

挑戦的に睨み付けてやると、彰太はようやく後を追うことを諦めたようだ。

「分かった。じゃ、帰るから」

「さようなら」

吐き棄《す》てるような真里亜の口調に、彰太はしょんぼりと立ち去っていく。

「あ、ルイージさん」

真里亜も彰太を、『カリギュラ』の仇名《あだな》で呼ぶ。立ち去りかねて立ち尽くしていた女の顔が、えっ、と怪訝《けげん》そうな色になる。彰太も、どぎまぎした態度で女の様子を窺う。

真里亜は内心、北叟笑《ほくそえ》む。さっきから真里亜の源氏名を連呼していた彰太への仕返しだ。

真里亜はにこやかな営業スマイルを浮かべて、彰太のそばに走り寄る。そして耳元に息を吹き込むようにして、小声で囁いた。

「『レディ・アン』でも『カリギュラ』でも、私に良い人が居ることは内緒にしておいてね」

「あ、ああ。分かったよ」

「お願いね」

そしてにっこりと笑いかけると、相変わらず立ち尽くしたままのお嬢様に一礼し、すたすたと歩き始めた。

(さあて、どうしようかな)

実のところ、真里亜の機嫌は少し直っていた。

いつものことである。英俊に殴り付けられ、泣き喚いていたことで、溜まっていた真里亜の中の毒が消えていた。彰太や通りすがりの女には多少心を乱されたが、それでもさっきまでの真里亜より、大分おだやかな気持ちでいる。英俊に対しても、少し優しく接してやれる気がした。

(途中、英俊の好きなお寿司を買って帰ってあげよう)

だが、そんな穏やかな気分も部屋に戻ったとたんにぶち壊されることを、まだ真里亜は知らない。

家に戻ると、灯りが点《とも》っていた。英俊はもう帰って来ている。

英俊はきっとまだ、機嫌が悪いだろう。ぷいっと後ろを向いて、話もしないかもしれない。

でも、真里亜が本気で英俊を追い出すつもりではないことが分かれば、徐々に機嫌も直ってくるだろう。このお寿司を食べ終わる頃には、元の仲良しに戻っているに違いない。

「ただいま」

真里亜は元気な声を出して、家の中に入っていった。

とたんに、ぐいっと髪を摑まれる。真里亜は悲鳴を上げた。手に持っていた、お寿司の入ったビニール袋が床に落ちる。おまけに引き摺《ず》り回されて、上からそれを踏んでしまった。

「今までどこに行っていた」

「知ってるでしょ？　今日は、お店で働いていたわよ」

「俺と別れてから、どこに行っていたと言ってるんだ」

「途中で買い物しただけで、真っ直ぐ戻ってきたわよ」

「嘘を吐け！」

殴られる。真里亜の頭がガンと鳴った。

「さっきの男と、ホテルに行っていたんだろう！」

「そんな時間、ある訳ないじゃない！　あっ！　痛いっ！」

話している間にも、英俊は真里亜を殴り続けていた。いつもなら、最初の殴り方には遠慮があるが、今日は最初から本気で殴ってくる。嫉妬に狂った英俊は、明らかに正気を失っていた。

「あんな頼り無さそうな男のどこが良いんだ！」

「だから、あの人は違うの！　お店のお客さんなの！」

「そんな嘘に、誰が誤魔化されるか！」

「本当にそうなの！　きゃあっ！」

髪を摑まれたまま、投げ飛ばされた。ブチッと音がして、髪が千切《ちぎ》れる。床に投げ出された真里亜を、英俊はなおも殴り続ける。

「馬鹿野郎！　浮気なんてしやがって！」

「本当に違うの！　お願い、信じて」

「素直に認めれば許してやる。正直に言え！」

「だって、本当に違うんだもん！　あっ！」

また、殴られる。唇が切れて、口の中で鉄の味がした。

それでも英俊は、真里亜を殴り続けた。


「ごめんなさい。あの男と寝ました」

英俊の折檻が一時間を越えた時、真里亜はとうとう、彰太と浮気をしたことを認めた。

もちろん、事実ではない。だが、真里亜が彰太と浮気しているという妄想に囚《とら》われた英俊の折檻は、真里亜に浮気を認めさせるまで延々と続く。もう、英俊の妄想を認めるしか、逃げる手立ては無いのだった。

真里亜の顔は、もう原型をとどめないくらいに腫れ上がってしまっている。お腹も背中も脚も、とにかく全身が痛む。これまでも英俊の酷い暴力に泣かされてきた真里亜だったが、これほど長時間の折檻は初めてだった。

真里亜の思考力はもう、完全に麻痺してしまっている。今はただ、この痛み、苦しみから解放されたいという一心しか無かった。

「やっと認めたな。最初から正直に罪を認めていれば、こんなに酷い目に遭わずに済んだのに」

「ごめんなさい」

「いつからだ？」

「いつからって？」

「いつから、あいつと寝てるんだ？」

真里亜は迷った。いつからなんだろう。実際に事実が無いのだから、いつからと言われても困る。

「痛いっ！」

すぐに答えない真里亜を、英俊は再び殴り始めた。

「お前はまだ、俺に隠し事をするつもりなのか！　どうしてお前は、素直になれないんだ！」

「ごめんなさい！　ああ、ごめんなさい！」

「許して欲しければ、素直になれ！　なにもかも、正直に話すんだ！」

「せ、先月からです！　先月の三十日に、あの人と寝ましたぁ！」

真里亜は、苦し紛れに嘘を重ねた。もっと最近のことにすることもできたのだが、あまり短く言うと、そんなに少ないはずはないと疑われそうで、つい長めに言ってしまった。

「せ、先月だと？　お前は、お前はそんなに前から、俺を騙していたのか！」

また、殴られる。真里亜の予想通り、英俊は今回の嘘をすぐに信じてくれた。

「言ってみろ。お前が初めて、あの男と寝た時のことを。詳しく話せ」

「もう、許して。お願い」

散々殴られて、顔も体もずきずきと痛む。頭の朦朧としている今の真里亜では、そんな複雑な嘘など考えることができそうも無かった。

だが、英俊は許してくれない。言え、話せの一点張りだ。そしてまた、真里亜を殴るのだった。

この痛みから逃れたい。真里亜は殴られ続けながら、なんとか英俊の納得できる嘘を必死で考えていた。

「あの、あの人は『レディ・アン』の客で、前から気になっていたんです。で、その日、デートに誘われて」

「随いていったのか」

「ごめんなさい。ああっ！」

また、殴られる。必死に逃げようとするのだが、逃げられない。

英俊が、泣き出した。

いつもなら、釣られて真里亜も悲しくなってしまうところだ。だが、今日はなんとも感じない。自分の全身の痛みが激しすぎて、他のことには何の感情も動かない。

ただ、泣き出したことで、もしかするとようやく折檻が終わりそうだという、淡い期待があるだけだった。

「お前は、お前はどうして、俺を裏切るんだ。俺はこんなにお前のことを思っているのに」

「ごめんなさい、ごめんなさい」

謝る真里亜の顔を、英俊はさらに殴り付ける。

「それからお前は、あいつと何回寝たんだ」

何回？　私はあの男と、いったい何回寝たんだろう。

「ご、五回です。五回寝ました」

「五回だと！」

この嘘も、英俊はあっさりと信じた。そしてまた、真里亜を殴り始めた。

「言ってみろ。その五回の浮気を、一つ一つ、どんな風にしたのか、言ってみろ」

「ぜ、全部？」

「いつ、どういう風に誘われて、どこで抱かれたのか、全部白状するんだ！」

真里亜は、気が遠くなりそうだった。五回などと言わず、もっと少ない数字にしておくのだった。今の朦朧とした頭で、五回もの逢瀬《おうせ》をでっち上げるのはとても無理だ。

がんっ！

口ごもっている真里亜の頬を、英俊の拳固《げんこ》がまた殴りつけた。

「黙っていないでしゃべるんだ！　それとも、この期《ご》に及んでまだ、お前はあいつを庇《かば》い立てするのか！」

「さ、最初は」

真里亜は、腫れ上がった目で英俊の後ろのカレンダーを見る。

「三日の月曜日です」

「最初は、三日の月曜日？」

真里亜の顔を、英俊が殴りつける。

「最初は、先月の三十日じゃないのか！」

しまった、と思う。確かにそうだった。先月の三十日に初めて浮気をしたと、自分で告白したのだった。やはり、真里亜の頭はまだちゃんと働いていない。

そんな真里亜を、英俊はさらに殴りつける。

「この期に及んでお前は、まだ俺のことを騙そうとするのか！　誤魔化そうとするのか！」

「ご、ごめんなさい。ごめんなさい」

涙が出てくる。情けなくて泣いているのか、怖くて泣いているのか、それとも単に痛くて泣いているのか、自分でも分からない。

「すると、最初と含めて、お前は六回浮気しているということだな」

「は、はい。私は、六回、あの男と寝ました」

「一回目が先月の三十日で、二回目が今月の三日で、三回目はいつだ？」

「三回目は、七日の、金曜日です」

英俊の拳が、真里亜の腹を打つ。ぐっと唸って、真里亜は体を捻る。

「馬鹿野郎！　七日は、お前、一日家に居たじゃないか！」

そうだった。その日は珍しく、英俊が一日出かけなかった日だった。それで、真里亜も仕事を休まされて、この部屋で一日英俊に抱かれていたのだ。

英俊は、めったやたらに拳を振り回す。腕に、腹に、乳房に、体のあちこちに拳が当たる。女の細い筋肉では、とても耐え切れない。あまりの痛みに、真里亜は獣《けもの》のように吼《ほ》えた。

「お前は、お前はどこまで俺を馬鹿にするんだ！　なんでそう、嘘ばかりを吐くんだ！」

叫びながら振り回していた拳固が、真里亜のこめかみを直撃した。そのとたん、意識がふわっと希薄になって、真里亜はそのまま気絶してしまった。

真里亜が意識を取り戻したのは、もう昼過ぎだった。最後に気絶した時間が何時ごろか覚えていないが、おそらく十二時間以上、こうしていたのだろうと思う。

英俊は居なかった。目の前に真里亜の財布が放り出してある。中を見ると、小銭だけを残してあとはごっそり金が抜かれている。真里亜の昼食代さえ、残してくれてはいなかった。

まあいい。どうせ、今の状態で食べるものなど口に入らない。

よろよろと体を起こす。体のいたるところがズキズキ痛んだ。特に顔は、叫び出してしまいたくなるほど痛い。

鏡を見ると、真里亜の顔はかぼちゃのように腫れ上がっていた。これでは道で知り合いに出会っても、とても真里亜だとは思ってもらえないだろう。

(今日は、お休みだな)

真里亜のシフトは夕方からだったが、これだけ見事に腫れてしまっていては、夕方までに腫れが引くとは思えない。

真里亜は携帯電話を取り出し、『レディ・アン』の番号を回した。

「ありがとうございます。『レディ・アン』です」

「あ、店長。ミンクです」

「ミンクちゃん？　あれ？　どうしたの？　なんだか、声が違うね」

「すみません。ちょっと、風邪引いちゃって」

「あ、それでか。じゃあ、今日はお休みだね」

いつもは色々と文句を言う店長が、今日はあっさり許してくれた。真里亜の声は、よほどいつもと違うらしい。

「お大事にね。明日も来られないようなら、一応、連絡してね」

「はい。分かりました」

受話器を下ろして、這うようにしてキッチンに行く。体中が痛んで食欲は無いが、それでも何も食べない訳にはいかない。

冷蔵庫の中に少しは食料があるが、そんなものはとても食べられそうになかった。前に英俊が風邪で寝込んだ時に買ってきた吸い口を取り出すと、真里亜はその中に牛乳を入れて口の中に流し込んだ。

「うっ！」

口の中のあちこちをひどく切っているようで、ただの牛乳が酷く沁《し》みた。喉に流れてくる牛乳も、なんだか鉄臭かった。結局、半分も飲めずに流しに流してしまった。

よろよろと、ベッドのところまで歩いていき、そしてその中に転がり込む。ほとんど開くことのできない瞼《まぶた》を、そのまま閉じてしまう。

そして真里亜は、また眠った。腫れて、熱っぽい真里亜の体が、いくらでも休養を求めていた。

傷の痛みがそんな夢を誘うのだろう。夢の中でも、真里亜は英俊に殴られていた。

五

結局真里亜は、店に復帰するまでに三日の休みを取った。元々休みがちの娘だったが、三日連続して休んだのはこれが初めてだった。

真里亜が休んでいる間も、英俊はせっせと外に遊びに出かけた。もう、真里亜の手元に現金が無いのを知っている英俊は無断で通帳を持ち出し、真里亜の預金を引き出していく。ようやく真里亜の体が動くようになった時、真里亜は一文無しになっていた。

それでも英俊は真里亜に金を要求した。まるで、真里亜が金の生る木を持っていて、働かないでも勝手に金が湧いてくるとでも思っているようだ。

英俊の金遣いは、ますます荒くなってくる。真里亜が一日に稼ぐ金のほとんどを、英俊は使うようになっていた。

今までの真里亜は、稼ぎの中から貯金をして、家賃や光熱費などに必要な費用はちゃんとプールしていた。だが、今月からはそんなこともできなくなりそうだ。

背に腹はかえられない。真里亜は仕方なく、英俊に内緒で、店の客とデートをし始めた。

中年のスケベ親父を店外デートに誘い、ブランド・グッズをおねだりする。それをネット・オークションで金に換える。このやり方で真里亜は英俊の知らない金を稼ぎ、こっそり通帳に補填していった。生活費の通帳は店のロッカーにこっそり隠しておく。盗難に遭う心配はあったが、家に置いておくよりもずっと安心だった。

今日も、真里亜は一人の客とレストランで軽い食事を摂っている。ここで一緒に食事をして、そのまま同伴出勤することになっているのだ。

「嬉しいな。こうしてミンクちゃんと一緒に食事ができるなんて夢みたいだよ」

中年男は鼻の下を長くして真里亜に見とれている。例によってわざとスカートの奥が覗ける角度にしたり、胸元が奥まで見える角度にしたりすると、男の目は正直にそこを注視してくる。これでも小さな会社の社長という話だが、笑ってしまうくらい反応の単純な男だ。

「どうだい、ミンクちゃんも一杯」

「ごめんなさい。私、本当に飲めないの。船本さん、私の分も飲んで」

船本というのが、この社長の名前だった。船本社長は、真里亜に注いでもらったビールを、美味《うま》そうに飲み干した。

ビールを注ぐ時、さりげなく指や手を触れさせるというサービスもある。そういうことをしている女の子も知っている。

だが、真里亜はそれをしなかった。一度そういうことをすると、男はすぐに図に乗ってくる。低脳な猿は、最初から下手に餌付《えづ》けをしない方が安全なのだ。

第一、男に金を貢がせようと思えば、なるべく男に媚《こ》びない方が良い。なかなか手強《てごわ》い女だからこそ、男は冷静さを失い、その女を手に入れるために金と時間を惜しみなく使うようになるのだ。真里亜はそう思っている。

だから真里亜が男に与えてやるものは、営業用のスマイルと、媚びた猫撫で声、そして衿元から覗く胸の谷間と、ミニ・スカートの奥のパンチラだけだった。

たったそれだけの報酬のために、男たちは何十万もするブランド・グッズを真里亜にプレゼントしてくれる。つくづく、男というものは単純で、どうしようも無い生き物だと、真里亜は内心そう思っていた。

案の定、船本社長も、真里亜にプレゼントを持ってきていた。ここ数年、急に人気が出てきたイタリアのブランドのバッグだった。

ありがとう、嬉しいわと言いながら、真里亜は心の中で値踏みをする。

それはそのメーカーが二年前に出した型のバッグだった。偽物ではなさそうだが、新品でもない。ただ、今でも人気のデザインなので、そこそこの値段で処分できるはずだ。

「本当に、ありがとう。船本さん、大好きよ」

真里亜は、目の前の男の贈り物の経済効果に見合うだけの笑顔を贈ってやる。男は、下心たっぷりのスケべ顔で、嬉しそうに笑っていた。

「あら、もうこんな時間。私、そろそろ、行かないと」

「え、そうなの？」

船本社長は、驚いて時計を見る。確かに、いつの間にか随分と時間が経《た》ってしまっていた。社長の顔が渋くなる。今日もまた、真里亜をラブ・ホテルに連れ込み損ねた。身持ちが堅い娘だと思って口説きかねている内に、いつもこうして時が経ってしまうのだ。

真里亜はさっと立ち上がり、社長の横に擦り寄っていく。そして社長を立ち上がらせると、軽く腕を組んでやった。それだけでこのスケべな牡は満足げな顔付きになるから、扱いやすい。

真里亜と並んで歩きながら、社長は肘《ひじ》をわざと、真里亜の乳に押し付けてくる。真里亜はさり気無く身を引いて、それを避ける。

「ごめんなさい」

真里亜は、済まなそうに謝る。社長は逆に、そんな真里亜の反応を楽しんでいる。

もちろん、真里亜にしてみれば、胸を肘で突《つ》かれるくらい、なんともない。ただ、それを許してどんどんエスカレートしていくのが面倒臭いので最初から拒否しているだけなのだ。

だが、この社長はそれを真里亜の純情さだと勘違いしている。そして、そんな純情な真里亜を自分が穢《けが》すという妄想に執《と》り憑《つ》かれているのだ。

真里亜の服の中を見透かそうとするようないやらしい視線に、真里亜は恥ずかしそうに目を伏せて、そして、思わせぶりな目付きで男を見上げた。

男から次の貢ぎ物を引き出すための、打算的な流し目だった。

その時、気になる視線を感じて振り返る。

英俊が居た。

英俊は、女と二人連れだった。真里亜は思わず、むっとした。

相手は、なんでこんな女とと思うくらい顔もスタイルもぱっとしない素人女だった。自分の金をあるだけ使って、この程度の女しか口説けないのかと情けなくなる。

だが、問題は、英俊の目だった。英俊の目は明らかに、嫉妬に燃えていた。

彼がこんな目をした時に、ろくなことは起こらない。真里亜は組んでいた腕をそっと外し、営業用の笑顔も消した。横を歩いている中年男が、不審そうに真里亜の方を見ている。

角を曲がって英俊の視界から消えるまで、真里亜は気が気ではなかった。背中に突き刺さってくる、視線が痛かった。

角を曲がる瞬間、真里亜はもう一度後ろを振り返った。英俊はまだ、真里亜のことを睨んでいた。横の女も、あんた誰なのという視線で、真里亜を睨み付けている。

さり気無く視線を外し、真里亜は歩き去った。

その日戻ってみると、案の定、英俊が居た。最近では、真里亜よりも早く戻ってくることなどまるで無くなっていた。それが、今日に限って早く帰り、真里亜の帰りを待っている。

私を折檻するつもりだ、と反射的に思った。

「ただいま。今日は早いのね」

普通に挨拶して部屋に入る。英俊は黙って、真里亜を睨み付けている。

真里亜はそれを無視した。外出着を脱いで、一枚一枚ハンガーに掛けていく。そしていつもの、Tシャツとジーンズに着替えていった。

「誰だよ、あの男」

あんたの連れていた女こそ何者だと問い詰めたかった。だが、今の英俊にそんなことを言ってもまともな返事など戻ってこない。その分、殴り方を荒くさせるだけだ。

「お店のお客さんよ。分かってるでしょ？」

「浮気相手じゃないのか？」

あんたと私は夫婦じゃないよ、と心の中で悪態を吐く。

「私があんなさえないオヤジと本気で付き合う訳、無いじゃない。馬鹿なこと言わないでよ」

「最近のお前、隠し事が多いからな」

貯金通帳を隠してしまったことを言っているのだ。真里亜はこれも、無視した。

「同伴出勤は、お店で私の評価になるのよ。回数が多ければ多いほど、私のランクが上がるの。だからあれも、お仕事なのよ」

「嘘を吐け！」

突然大声を出して、英俊が襲いかかってきた。予想していたことだから真里亜は驚かないが、言い成りになっている気も無かった。

両腕を突っ張って英俊を近付けまいとする。がつんっ、がつんと、英俊の拳固が顔に当たる。

「やめてよ！　そんなのじゃないって言ってるじゃない！」

「嘘だ！　お前はそういう、淫乱な女なんだ！　男と見れば誰とでも寝たがる、尻軽女なんだ！」

あっと言う間に、裸に剝かれた。必死で英俊に抵抗しながら、あそこが濡れてくるのが分かる。真里亜は、こういう乱暴なセックスが大好きなのだ。

「ああっ！　やめろ！　いやあっ！」

素っ裸で俯せにされ、両腕を背中に回される。縛られるのだと思うと、体がかっと熱くなってくる。全身の力が抜け落ちてしまう。それでも真里亜の口だけは、必死で抵抗を続けていた。

「あああっ！」

高手小手に縛られて、股間に指を突っ込まれる。体がぶるぶるっと震える。背骨の辺りに快感が走り、もう、なんの抵抗もできなくなってしまう。

「ご、ごめんなさい」

訳も無く、謝る。英俊に抱かれる時の最近の口癖だった。

英俊の大きな手が、真里亜の華奢《きゃしゃ》な顎の辺りをぐっと摑む。そして思い切り床に押し付ける。真里亜の顔が、痛みに歪む。

「やはり、そうだろう。お前、あの親父と寝たんだろう」

「痛い、痛いよ英俊。その手、離してよ。あああっ！」

真里亜の哀願に、英俊は逆に押し付ける力を強くした。

「寝たんだろう！　どうなんだ！」

「ああっ」

「どうなんだと訊いてるんだ！」

押し付けられて動きにくい顎を真里亜は微かに縦に振る。

「ね、寝ました」

もう、こうなったら手の付けようが無い。事実があろうが無かろうが、英俊の言うことを認めるしか無い。

顎の手が外れて、英俊の両手が真里亜の乳房を鷲摑みにする。乳房の奥の芯を揉まれて、あまりの痛みに真里亜は悲鳴を上げる。

股間がまた、じんと熱くなる。

「やはり寝たのか！　お前はなんて、淫乱な女なんだ！」

「ごめんなさい」

「あの男とは、いつからなんだ！」

この問いは答えやすい。男との同伴出勤を、全て浮気と考えて答えれば良いのだ。

「に、二週間前からです」

「何回だ！　お前はあの男と、何回寝たんだ！」

「さ、三回です。先々週と、先週と、今日と、毎週火曜日、お店に出る前にホテルに行って、あの男に抱かれました」

真里亜の頬ががんと鳴る。また、英俊の拳固が飛んできたのだ。

「この、淫乱女！　お前はなんて恥知らずな女なんだ！」

「ご、ごめんなさい。あああっ！」

股間に突っ込まれた指が、真里亜の膣の中を掻き回す。あまりの気持ち好さに、真里亜の背中が反り返る。

「気持ち好いのか、真里亜！　俺に折檻されながら、それでもあそこを触られると、お前は濡れるのか！」

「ああ、ご、ごめんなさい」

真里亜の耳元で、英俊が囁く。

「そんな淫乱女には、それに相応しいお仕置きをしてやるよ」

真里亜の股間から指が抜けていく。立ち上がった英俊に、次は何が起こるのかと、真里亜は不安げな表情を浮かべる。

股間がまた、じゅんと濡れる。

英俊は真里亜に背中を向け、隣りの部屋を勢い良く開けた。

真里亜の顔がさっと蒼褪める。そこには、若い男が四人、にやにやと笑いながら立っている。

「い、いやあああぁぁっ！」

真里亜は絶叫した。素っ裸で両手を後ろ手に縛られている惨めな姿を英俊以外の男に見られている恥ずかしさに、真里亜はすっかり動顚してしまっていた。

四人の男たちはそれぞれ、いかにも不良という格好をしている。おそらく英俊の遊び仲間なのだろう。

部屋の隅に新聞紙が敷かれ、そこに男たちのものと思われる靴が並んで置かれている。英俊はこの男たちを隠すために、わざわざ靴まで持って入らせたのだ。

「いやああっ！　いやああっ！　やあああっ！」

真里亜は絶叫し続けている。この状況では、こうして声を上げ続けるしか何もできなかった。

必死で両脚を擦り合わせて恥ずかしい場所を隠す。体を捻って、乳房を床に伏せる。

だが一方で、何をしでかすか分からない男たちから目を離すことができない。したがって、乳房もお腹も陰毛も、完全に隠し通すことはできなかった。

「好い女じゃねえか、英俊」

「本当にやっちまって良いのか？」

だ。

「ああ。構わねえよ。金さえ払ってくれるならな」

真里亜の顔から、ますます血の気が引いていく。英俊は、真里亜の体を金で売り渡したの
男たちは銘々に料金を支払うと、相変わらずにたにたと笑いながら真里亜のそばに近付い
てくる。真里亜はもう、絶望と恐怖で気が変になってしまいそうだった。

「姉ちゃん、悪い奴だなあ、あんたの男はよ」

「小遣い欲しさに、姉ちゃんの体を売っちまうんだからよ」

「あんな男、さっさと別れちまいなよ」

「余計なこと言うんじゃねえよ」

英俊は、集めた金をポケットに捻《ね》じ込みながら、へらへら笑っている。

「そいつぁ、レイプされるのが好きなんだ。俺は金が儲かって、こいつは大好きなレイプを
してもらえる。ギブアンドテイクだよ、ギブアンドテイク」

違う、と真里亜は叫んだ。

レイプ・プレイと、本物のレイプは違うのだ。こんな形で見ず知らずの暴漢たちに犯され
て、喜ぶ女がどこに居るものか。

「いやああああっ！　いやああああっ！　いやああああっ！」

真里亜の絶叫は続いている。そんな真里亜の様子を、男たちは楽しそうに眺めている。

「それじゃ、いくぜ」

「おう」

真里亜の体に、八本の手が一斉に伸びてくる。

「ぎゃあああっ！　いやっ！　いやああああっ！」

乳房が揉まれる。唇を撫でられる。陰毛を掻き混ぜられる。脇腹を擽《くすぐ》られる。お臍《へそ》を嬲られる。そして、股間に指を挿《い》れられる。八本の手は、考えられる限りの場所を穢し、辱め、いたぶっていく。

「い、いやああっ！　ひいいいっ！」

「うるせえよ、姉ちゃん。静かにしろよ」

「あんまりうるせえと、ぶん殴るぞ」

殴れるものなら殴ってみろと、真里亜は思う。英俊の狂気染みた折檻に耐えてきた真里亜だ。男たちの鈍《なまく》ら折檻に音を上げない自信はある。

いや、もしかすると、男たちの暴力は英俊の上をいくかもしれない。

（それならいっそ、殺すが良い）

こんな屈辱を受けるくらいなら、いっそ殺してほしい。死んだ後のあそこで良ければ、いくらでも腐れ〇んぽをぶち込んで楽しむが良い。

「うわあああっ！　ぎゃああああっ！」

「くそう、このアマ、本気でうるせえなあ」

「おい、英俊。どうなってんだよ。この女、全然濡れねえじゃねえか」

「駄目か」

「駄目だよ。こんなんじゃ犯《や》れねえよ。金、返せよ」

「ちょっと待ってろよ」

英俊は台所に行き、冷蔵庫からマーガリンの入ったケースを取り出してきた。

「ほら、これを使いな」

男たちは、どっと笑う。

「おい、とことん酷え奴だな、手前《てめ》ぇの男はよ」

「濡れないんだったら、マーガリン塗って突っ込めってよ」

そう言いながら、男たちは本当にマーガリンを指で掬い、真里亜の膣に塗り付けてきた。

そのぬるぬるした感触の気持ち悪さに、真里亜のお尻の穴がきゅっと窄《すぼ》まる。

「い、いやあぁぁあっ！」

男たちは容赦が無い。本気で嫌がる真里亜の両足を摑んで引き割ろうとする。真里亜は必死で抵抗するが、右の足に二人の男が、左の足にも二人の男が取り付いて力任せに引っ張ってくるのだから、とても抵抗しきれるものではない。真里亜の両脚は、惨めな大股開きにされた。

その真ん前に、残りの一人が立っている。下半身だけ裸になって、硬くなったペニスを自慢げに見せびらかしている。

「ぺっ！　ぺっ！」

真里亜は男に向かって唾を吐きかける。だが、届かない。唾は虚しく、真里亜のお腹の辺りを濡らすばかりだった。

ガツンッ、と誰かの足が真里亜の頭を蹴る。真里亜に大股開きを強要している誰かが、頭に足を伸ばしてきたのだった。

英俊だった。

「馬鹿野郎！　大事なお客様になんてことをするんだ！」

「誰がお客だよ！　ただのレイプ魔じゃないか！　ああっ！」

男が、真里亜の腰を持ち上げる。真里亜の膣に、男のペニスの先が宛《あて》がわれる。

「やめろ！　いやだ！　いやあっ！　あ、あああっ！」

ぬるっとした感触が、真里亜の膣に広がる。マーガリンだらけのペニスが、真里亜の体を押し広げてきた。

「い、いやあああっ！」

真里亜は泣いた。惨めだった。本気で、このまま死んでしまいたかった。


次の瞬間、真里亜の魂が体を抜けた。


魂が自分の体からつるんと抜け出し、外から自分を眺めている。こういう症状が初めて出てきたのは真里亜が小学生の頃だったと思う。生理が始まったのとほとんど同時期だったので、よく覚えている。

最初は、幽体離脱だと思った。自分の魂が体を抜け出して、ありえない角度から自分を眺めている。不思議なことに、心を失った体は、まるで自分に魂など必要無いとでも言いたげに、普通に行動している。

今もそうだ。さっきまで必死の抵抗を繰り返していた真里亜は、諦めてしまったように男に身を委《ゆだ》ね、恍惚とした表情で官能に浸っている。

その様子を、真里亜の精神はじっと眺めていた。

真里亜の抵抗がやんだことで、男たちは大喜びしている。虚ろな表情になり、時々切なそうな顔付きになる真里亜を眺めては、腹を抱えて笑い、大声で囃《はや》し立てる。次の順番待ちをしている男は早くもズボンを脱ぎ捨て、パンツの中から貧相なペニスを取り出して、いつでも代われるように片手でそれを扱《しご》いている。

真里亜の格好は無様だった。両脚を蛙のように開かせられ、男が挿れやすいようにお尻を持ち上げられ、その腰を男の動きに合わせて振っている。時々もどかしげに上半身を震わすのは、乳房の刺激に飢えているせいだった。

明らかに、真里亜の体は欲情していた。

(浅ましい)

そんな自分の体を、真里亜は苦々し気に見詰めていた。

「うおおおっ！」

一人目の男が、ぶるぶるっと体を震わせた。射精したのだ。避妊具を着けることも無く、男は真里亜の体の中に精を発した。男がペニスを抜き取ると、真里亜の膣から男の精液がでろんと流れ出てきた。

二人目の男が真里亜に伸しかかってくる。男のペニスが突き刺さる瞬間、真里亜の体は声を上げて背中を反らせた。

二人目の男は遅漏だった。いつまで経っても、男は射精しなかった。真里亜の体は半狂乱になり、途中二度ほどエクスタシーに達した。横で待っている三人目の男も、自分で自分のものを擦りながら何度もいきそうになり、早くしてくれと文句を言った。

ようやく、二人目の男が射精した。その瞬間、膣の中に広がる熱い感覚に反応したのだろう、真里亜の体もぶるぶるっと震えた。

「引っ繰り返せ、引っ繰り返せ」

三人目の男が叫ぶ。自分はバックからやりたいという意味だった。残りの四人が、真里亜の体を引き起こし、お尻を突き出した形で、真里亜の体が俯せにされる。真里亜の頭が、床の上にぺたんと押し付けられる。

「あああっ！」

バックは真里亜も好きな体位だった。入り口にペニスを押し当てられ、尻たぶを両側から挟み込まれてぐっと押し出された時、真里亜の口はいかにも切なげな吐息を洩らした。周りを囲んでいた四人がどっと笑った。

「あっ、あっ、あっ、あっ、あっ、あっ、あっ」

三人目の男の腰の動きに合わせて、真里亜の体は切ない声を洩らす。刺激された男たちは真里亜の体の周りに集まってきて、真里亜の乳房を揉んだり、耳の穴に息を吹きかけてきたり、頭を横に向けてキスをしたりする。その一々《いちいち》に体は反応し、身を震わせ、声を上げる。

三人目の射精が終わって真里亜の体から離れた時、男たちがまた、どっと笑った。体の方を指差しながら、腹を抱えて笑っている。中には我慢できずに、床に倒れ臥して笑っている者も居る。

「なんだよ、お前」

「どこまでいやらしい女なんだ、こいつ」

「はははははは、ああ、腹が痛え！」

眺めている真里亜も、思わず赤面した。いや、顔が赤くなるような思いがした。

男のペニスが去った後も、真里亜の体は腰を振り続けていた。まるでまだ、見えないペニスに突き続けられているかのように、リズミカルな腰の動きを続けていた。顔はめそめそ泣いているのに、腰だけがいやらしく動き続けていた。

真里亜の体は、次のペニスを待っている。次のペニスが突き刺さって、膣の中を刺激してくれるのを待っている。

入り口は、もうべたべたになっていた。男たちの精液と、真里亜自身の流した愛液と、最初に塗られたマーガリンが溶けた黄色い脂汁とが斑《まだら》に混じり合って、なんとも言えないいやらしい縞模様になっていた。

真里亜は、この体を憎んだ。軽蔑した。できることなら、引き裂いてやりたかった。

（この、牝豚！　いやらしい！　お前はなんて淫乱な女なんだ）

真里亜がいくら罵声《ばせい》を浴びせても聞こえないかのように、体は腰を振り続け、男を誘い続けていた。

「あああっ！」

四人目の男のペニスが突き刺さる。真里亜の涙はたちまち堰《せ》き止められ、恍惚とした表情が滲む。妖しく淫らな喘《あえ》ぎ声が洩れる。男の腰の動きと真里亜の体の腰の動きとが、だんだん一つになっていく。

四人目の男の射精が終わっても、真里亜の腰はまだ前後運動を止めなかった。男たちは、にやにやとそれを見ている。

「まだ、男が欲しいんだとよ。まったく、いやらしい女だな」

「どうする？」

四人の目が一斉に英俊に集まる。最後にお前が突っ込んでやったらどうだという意味だった。

英俊は、いやらしい目で四人を見回し、そしてズボンを脱ぎ始めた。

「しょうがねえなあ。じゃ、最後は俺が締めてやるか」

「待ってました！」

「いよ！　真打登場！」

英俊の股間のものはもう、真っ直ぐ天を向いていた。それを英俊は、パンツの中から引き出した。

そして、真里亜の後ろに立つ。前後に動き続けている腰にペニスの先を宛がうと、一気に前に突き出した。

「うぐっ！」

一段と切羽詰まった声を上げ、真里亜の体が震える。

振り向かなくても分かる。膣の中に入ってくる感触、膣の肉で抱き締めるこの感覚。真里亜の体は、一瞬にしてそれが英俊のものだと見抜いた。

「あああっ！　あああっ！」

さっきまでの男たち相手に上げていた声よりも一段と高く、真里亜の体は喘いだ。受け入れなれている男のものに突かれ、真里亜の官能は一段と高まっていった。

他の誰に突かれている時よりもあられも無く乱れる真里亜の体の反応に、英俊は自慢げに四人の方を見た。四人はへらへらと笑いながら、真里亜の体の痴態を眺めていた。

真里亜もまた、自分の体の痴態を冷ややかに眺めている。その目には憐憫《れんびん》の色のかけらも無かった。

（なんていやらしい女）

英俊の激しい腰使いに押し上げられ、真里亜の体はまた絶頂に達してしまったようだ。一際高い声を発し、びくびくっと震えた。

（最低）

もし今、真里亜の魂に目があったら、泣きたかった。


気が付くと、真里亜の緊縛は解かれていた。

だが、体は相変わらず一糸纏わぬ裸のままだった。タオルケットを一枚、上から掛けられているきりだった。

隣りの部屋から男たちの声が聞こえる。英俊と、さっきの四人だ。酒宴を始めたらしく、いかにも酔った様子の喚き声が真里亜のところまで聞こえてくる。

英俊も、四人も、自分が陵辱した女のことはまるで頭に浮かんでこないらしい。

真里亜はふらふらと立ち上がった。体を縦にすると、膣の中に溜まった精液がどろどろと流れ出してくる。真里亜はタオルケットを股間に当て、それを受けた。

そのままの姿勢で風呂場にいく。シャワーのお湯で、股間を洗った。

誰のものとも分からない精液、不覚にも溢れさせてしまった愛液、いやらしく触り回っていた男たちの手垢。一切合財を流そうとするかのように、真里亜はいつまでも体を洗い続けた。

ふと気が付いて、湯船の蓋をそっと外す。

中には、ゆうべの風呂の水が、張ったままになっていた。

無駄毛処理のために置いてあった剃刀《かみそり》を手に取り、手首に当てる。そしてそれを、すうっと引いた。赤い傷が開いて、血がたらたらと流れ出す。真里亜はそれを湯船の中に突っ込んだ。

風呂桶の中の水が、みるみる内に赤く染まっていく。

真里亜は風呂桶に身を乗り出すようにして横になり、そして、目を閉じた。

男たちの酒宴の声はまだ続いている。その声を遠くに聞きながら、真里亜は眠った。

次に目覚めた時、真里亜は英俊の腕の中だった。例によって、英俊は泣いていた。

いつもなら、真里亜は動揺し、英俊にしがみ付くところだ。

だが、今日の真里亜は冷めていた。涙と鼻水で顔をくしゃくしゃにしながら、恥も外聞も無く泣きじゃくる英俊を、真里亜は不思議な生き物でも見ているように眺めていた。

(泣くくらいなら、初めからあんなことしなければ良いのに)

剃刀で切った手首を見ると、白い包帯が巻かれていた。どうやら、英俊が応急処置をしてくれたらしい。

真里亜はまた、死に損なった。

「英俊」

声を掛けてみる。英俊は驚いたように真里亜の顔を見て、そして強く抱き締めた。

「痛いよ、英俊」

「ごめんよ、真里亜。ごめんよ」

「あの人たちは？」

「もう、帰った」

男たちが帰ってから真里亜の異変に気が付いたのか、真里亜が自殺を図ったことに気付いて慌てて逃げていったのか、分からない。きっと後者だろうと、真里亜は思う。

「ごめんよ、真里亜。酷いことをして。ごめんよ」

「もう、いいよ、英俊。離して」

「お前が悪いんだぞ、真里亜。お前が浮気なんかするから、俺はあんなことをしちまうんだ」

自分だって、浮気している癖に。それも、数え切れないくらいに何度も。

「真里亜。お前にはどうして分からないんだ。俺はこんなにお前を愛しているのに。真里亜、お前は酷い女だ。酷い、酷い」

不思議だった。以前ならもう、真里亜は何が何だか訳が分からなくなって、自分も泣きながら英俊にしがみ付いていた。そして英俊の体を求めた。もう、英俊に抱かれなくてはいられない気分になってしまうのだ。

だが、今日は何も感じない。涙と鼻水でぐしゃぐしゃになった英俊の顔を、汚いと思う。あの汚いものを自分の体に付けられたくない。

そこで気が付いた。真里亜は前に気が付いた時と同様に、裸のままだった。

(服を着せてくれる程度の優しさも、この男には無いんだわ)

傷の手当てだって、真里亜のためにしてくれたのではないだろう。救急車を呼んだりして騒ぎを大きくしたらレイプのことがばれるので、内々で済ませようとしたのだ。他に道が無いから、仕方無く自分で手当てしたのに違い無い。

「英俊、寒い」

「え？　ああ、ごめん」

そう言うと、英俊は真里亜から離れた。明らかに、自分で服を着ろという仕草だった。

真里亜は立ち上がる。下着だけを着込むと、用を足しにトイレに行った。

入る前に、風呂場を覗いてみる。風呂桶の中には、まだ赤い水が溜まったままだった。水の色は思ったよりも濃い。意外にたくさんの量の血が、流れ出していたようだ。さっきから頭痛がするのは、急激に血が流れ出したことからくる貧血らしかった。

(こんなに血が流れても、まだ死ねない)

真里亜は無感動に、自分の血が溜まっている浴槽の赤い色を眺めている。

二ヶ月後、真里亜はまた、浴槽の水を血で染めることになる。

真里亜の体の中には、五人の男たちの精液が流し込まれた。真里亜は妊娠の危険を思った。もし今、妊娠すれば、その子の父親が誰なのかも分からない。

(絶対に、産む訳にはいかない)

レイプされた直後から、真里亜はジョギングを始めた。体を鍛えるためではない。真里亜の体の中の卵子が受精していたとして、これを着床させないための用心だった。

スーパーでは、商品を多めに買って重い荷物を持って歩き回った。スポーツジムに通って、激しいトレーニングを重ねた。とにかく、妊娠初期にしてはいけないと言われることは全部した。

それでも、真里亜の生理は遅れた。

世の中は皮肉だ。赤ちゃんが欲しくて欲しくてたまらないお母さんが流産してしまう話は世の中にたくさんある。なのに、赤ちゃんの要らない真里亜がこれだけ頑張っても、なかなか流産できないとは。

真里亜が妊娠しかけていることを知って、英俊は家に寄り付かなくなった。セックスもする、レイプもするが、その責任は取りたくないという訳だ。

風呂場に冷水を張って、入る。元々冷え性の真里亜にはほとんど苦行に近いが、それに耐えてでも、真里亜は流産しなければならなかった。

ただでさえ冷たい手足が、氷のように冷える。最後にはもう、感覚が無くなってくる。全身がぶるぶると震えて、歯の根が合わなくなってガチガチと鳴る。

それでも、お腹の子に異常は無いようだった。

とうとうある日、真里亜は風呂の水に氷を入れた。そしてその氷水の中に体を沈めた。

「ううううっ！」

思わず、声が出る。冷たいなどというものではない。あまりの冷たさに、気が遠くなりそうだ。手先、足先の感覚が消えていく。唇の色が、見る見るうちに蒼褪めていく。

それでも五分ほど浸かっていたが、それでももう我慢の限界だった。早く上がろうと、足を踏ん張ったその瞬間である。

「うっ！」

下腹の辺りに、ずんと重い鈍痛がした。そして次の瞬間、痛みはきりきりとした激痛に変わる。立ち上がることができずに、真里亜はまた浴槽の中に身を沈めた。

「い、痛い。い、痛い」

痛みはどんどん強くなってくる。氷水の中に浸かっているにも拘《かか》わらず、全身から冷や汗が噴き出してくる。

「助けて。誰か、私を助けて」

股間から、もわもわと赤い血が流れ出してくる。それはあっという間に浴槽の中を真っ赤に染めていった。

（やった）

まだ痛む下腹部を庇いながら、真里亜は這うようにして浴槽から出た。そしてシャワーで体を流すと、股間にナプキンを当て、寝巻きを着込む。

真里亜はベッドの中に潜り込むと、そのまま寝てしまおうとした。

お腹の激痛は、いつまでも去らない。いや、逆にどんどん強くなってくる。

それでも真里亜は、寝てしまおうと頑張った。眠ってしまって、今度起きたら全ては夢になっている。また、以前と同じ生活が始まるのだ。そう思おうとした。

「ううん、うううん」

相変わらず続く下腹部の激痛に耐えているうちに、真里亜は本当に眠くなってきた。急な失血と痛みのせいで、気が遠くなってきたというのが正確かもしれない。

六

真里亜の生理が始まったと聞いて、英俊がまた戻ってきた。厳密に言うと早期流産による下血だったのだが、それを説明するのも面倒なので、真里亜は黙っていた。

あの日の英俊の涙を真里亜はまるで信用していなかったが、案の定、戻ってきた英俊はまるで何事も無かったかのように傍若無人にふるまっていた。小遣いもせびっていくし、暴力も振るう。きっと英俊の中では、あの日の涙だけですべての責任は果たし終わっているのだ。

「なに？　これ」

ある日、英俊が取り出してきたオモチャを見て、真里亜は顔を顰《しか》めた。

それは、遠隔操作で操るタイプのバイブレーターだった。コントローラーの代わりに四角い箱型の機械が付いている。どうやらその箱が受信機の役目をしているらしい。そして、英俊が手の中で弄んでいるコントローラーがリモコンになっていて、それでバイブを動かしたり止めたりできるということだ。

箱の電源が入っているのを確認して、英俊がコントローラーの摘みを回す。バイブレーターが唸りを上げて動き始める。激しく細かく振動しながら、張り型はゆっくりと小さな円を描いて頭を振っている。よく見ると、張り型の表面も蠕動《ぜんどう》運動をしているように波打っていて、根元から頭の方に卑猥な動きを伝えている。

英俊がまた、摘みを動かす。バイブの動きが、ピタリと止まった。

真里亜は、英俊の顔を睨むようにする。

「どうするの、こんなもの」

「お前、着けてみろよ」

英俊はニヤニヤと笑っている。本当に、こういう時の英俊は、呆《あき》れるほどいやらしい顔付きになる。

「それを着けて、外を散歩しようぜ」

「いやよ、そんなの」

「いやって言いながら、もう昂奮しているんじゃないのか？」

「してないわよ」

「本当か？」

「あっ！　いやっ！」

油断していた真里亜を、英俊が押し倒す。抵抗する真里亜をものともせず、真里亜の下着の中に英俊の手が突っ込まれる。真里亜は思わず、いやぁっと大きな声を上げた。

相変わらず下卑た表情を浮かべながら、英俊は真里亜の耳元で囁いた。

「もう、濡れてるぜ」

真里亜の顔が、さっと赤くなる。思わず、英俊の視線を避けて顔を背ける。

「さっきのバイブの動きを見て、昂奮したんだろう？」

「そんなこと、ない」

「あのバイブを突っ込まれて、ひいひい言わされている自分を想像していたんじゃないのか」

「違う」

「人込みの中に連れて行かれて、その真ん中でスイッチを入れられたら、どうしようも無いよな」

「もう、やめてったら！」

「みんなが見ている中で、声を出すことも、お乳を揉みながら悶え狂うこともできなくて、それでも俺がいつまでもスイッチを切ってやらなかったら、真里亜、お前、どうする？」

「もうっ！」

真里亜はまた、怒ったような顔をしてそっぽを向く。その耳元に、英俊がまた囁く。

「今また、いやらしいお汁がぴゅって飛び出してきたぜ」

その言葉を聞かされて、まるで観念したかのように、真里亜は目を閉じてしまった。

確かに真里亜は昂奮していた。バイブレーターのいやらしい動きを見た時、膣の中がじいんと痺れた。振動する音に共鳴して、お尻の穴がひくひくと動いた。

そして、人込みの中でいたぶられる話をされている時、真里亜はまるで今この瞬間、自分がそうされているような恥ずかしさと性的昂奮を感じてしまった。あれこれ話している間に、早くバイブを自分の膣に突っ込んで、ドアの外に放り出してもらいたかった。

（お願い、私を滅茶苦茶にして）

にやにやと笑いながら真里亜の顔を覗き込んでいる英俊の気配を感じながら、真里亜はじっと次の瞬間を待っていた。

「あっ！」

突然身を起こした英俊が、真里亜の上に馬乗りになる。後ろ向きの馬乗りで、真里亜の目の前には、ズボンの生地の下から張り出してきている筋肉質のお尻がでんと座っている。

「や、やめて」

ほとんど本気で抵抗する。だが、お尻や背中を叩いても、シャツを引っ張って揺さぶっても、英俊の動きを止めることはできなかった。

下半身を覆っていた、スリムのジーンズが足首の近くまで引き下ろされる。続いてパンティも、同じように引き下ろされる。

英俊は、真里亜の両脚を左右に押し開いた。ジーンズとパンティの生地で両足首を固定されている真里亜の脚は、蛙のように無様な蟹股《がにまた》に押し広げられた。

さらに英俊は、真里亜の膣の大陰唇を左右に押し広げる。ピンク色のぬめぬめした粘膜が現れてくる。

そこに英俊は、バイブをぐぐっと突き刺した。真里亜の背中がぐうっと反る。

「ああっ！　はあっ」

我慢しようと思っても声が出てしまう。英俊の背中に取り付いていた真里亜の両手が、英俊の背中の肉をぐぐっと摑む。

「いてて、痛えな」

英俊の手が、真里亜の手を邪険に振り払う。そして、真里亜のパンティとジーンズを再び上げると、パンティの生地でバイブが固定されて、動かなくなる。

それから英俊は、真里亜を立たせた。そして真里亜にポシェットを着けさせると、外にはみ出している箱型の機械の電源を入れたまま、中に押し込んだ。

「あっ！」

ブーンという音がしたとたん、真里亜の腰が砕けた。お尻がくねくねと踊り、その場にへたり込んでしまいそうになる。

だが、音はすぐに止んだ。

「大丈夫だな。じゃ、行こうか」

「駄目。駄目だよ、こんなの。無理だよ」

「いいから、行くぜ」

「本当に、駄目だったら」

嫌がる真里亜を引き摺るようにして、英俊は真里亜を外に連れ出した。そして真里亜を前に押し出すと、自分は尾行をする探偵のように後ろに下がって、真里亜の後を随いていく。

真里亜の携帯が鳴る。出ると、英俊だった。

「後ろを振り向くなよ」

「もうやめてよ、こんなの」

「そう言いながら、感じてるんじゃねえか」

「そんなことないよ」

「お前、昂奮してくると目のふちが赤くなるからすぐ分かるんだよ」

真里亜は黙った。確かに今、真里亜は欲情している。いつバイブが動き出すかと思うと、期待で股間が熱くなってくる。

私は筋金入りの変態だ。真里亜は自分で自分のことをそう思う。

「あっ！」

一瞬、股間のバイブが動いた。真里亜の腰がピクッと痙攣するが、バイブの動きはすぐに止まってしまった。

（い、意地悪）

もの足りない。もっと激しく動かしてほしい。英俊の焦《じ》らしにまんまと乗せられて、真里亜はこのプレイにのめり込み始めていた。

「商店街の方に行ってみようか」

真里亜の家の近くの商店街には大型スーパーがあって、人通りも少なくない。近所の人の目もあるそんな場所で虐められるのかと思うと、真里亜の股間はまた、ジュンと熱くなってくる。

だが、英俊は中々《なかなか》スイッチを入れない。真里亜は不安と期待感で、目眩がしてくる。

携帯が鳴る。

「ただ歩いてるんじゃないよ。ショー・ウィンドウを見るとか、品物を手に取ってみるとか、色々あるだろうが」

真里亜は、言われた通りにする。携帯ストラップの可愛いのがあったので、手に取り、眺めてみる。

「うっ！」

その瞬間、バイブが動いた。真里亜の腰がぴくっと震える。

脂汗を流しながら周りを見回した。店の買い物客や通行人が、なんとなく異変に気付いている様子で、ちらちらと真里亜を見る。

ストラップを元の場所に置いて、そこを立ち去ろうとするのだが、歩けない。腰の力が抜けてその場に蹲《うずくま》ってしまいそうなのを、必死で脚を踏ん張り、体を支える。

「はあっ」

ようやくバイブが止まった。まだ腰の辺りがふらふらするが、なんとかバランスを取りながら歩き始める。

「うんっ！」

また、バイブが動き始めた。歩みが止まって、ふらふらと蹌踉めいたところで、また動きが止まる。

（も、もう駄目）

路上でのバイブ責めは、真里亜が思っている以上に強烈だった。恥ずかしさと気持ち好さ、周りにばれてしまいそうな不安と恐怖、そんなものが綯《な》い交ぜになって、真里亜の頭はくらくらした。

そして股間は、驚くほど敏感になっていた。真里亜はもう何度も、その場で路上に倒れ込んで乳房を揉みながら悶え狂ってしまいたい衝動に負けそうになった。

それをしてしまえば、もうこの街に住んでいられない。その思いだけで、必死に劣情と闘っているのだった。

携帯が鳴る。

「スーパーに入れ」

気が付くと、いつの間にか真里亜は大型スーパーの前に居た。スーパーの中は、たくさんの人で溢れていた。

真里亜はその中に入っていく。

「うっ！」

一瞬、バイブが動いて、また止まる。すぐにまた動き出して、今度はちょっと長く動き続ける。

スーパーの中に入ってから、バイブは頻繁に動くようになった。真里亜の足取りの不自然さに、周りの客は皆、真里亜の方をちらちらと見ている。

その視線がまた、真里亜を欲情させていく。

携帯が鳴った。

「地下に降りろ」

英俊は生鮮食料品のコーナーを指定した。ピクッと体を震わせたり、突然フラッと蹌踉めいたりしながら、真里亜は這うようにして指定の場所まで歩いていった。

「くうっ！」

魚の並んだ棚の前で、またバイブが動き出した。真里亜は棚の縁に手を掛けて、必死で体を支える。

バイブの振動が腰全体に広がっていく。すっかり敏感になってしまった膣の中で、バイブは妖しく蠢《うごめ》き、真里亜の体の中の敏感な場所を刺激していく。

全身に力が入る。そうしていないともう立っていられないくらい、真里亜の下半身は痺れ切っていた。

歯を食いしばって、洩れてきそうな声を飲み込む。魚の陳列棚は氷が張ってあって、しかも冷房が掛けられているのだが、真里亜の体はかっと熱くて、額に汗が滲んでくる。

だが、英俊はバイブを止めてくれない。腰からじわじわと迫《せ》り上がってくる快感は、今にも真里亜を弾《はじ》き飛ばしてしまいそうだ。

助けを求めるように、真里亜は辺りを見回す。だが、英俊の姿は無い。おそらくどこか離れた場所からこちらを窺い、真里亜が醜態を曝《さら》すのを高見の見物するつもりなのだ。

(お願い、英俊。もうとめて)

真里亜の頭が、真っ白になりかけている。絶頂の瞬間が、もうそこまで迫ってきている。散々我慢した上での絶頂である。その瞬間、さぞかし真里亜は大きな声を出し、派手に悶えてしまうに違いない。

そのことが分かっているから、なんとか自分を支えようと必死で耐えている。だが、機械の責め苦は残酷であり、確実に真里亜を追い詰めていく。

(ああ、もう駄目)

とうとう真里亜は、その場にへたり込んでしまった。膝を突くとバイブの当たる位置が変わって、快感はさらに強くなる。

(お願い、英俊、とめて！　もうとめて！)

「どうしたの？　彼女」

突然、話しかけられて、はっとする。負けそうになっていた意識が、一瞬はっきりとする。

次の瞬間、真里亜は呆然とする。そこに立っていたのは、真里亜を輪姦した男の一人だった。

「気分が悪いの？　大丈夫？」

後ろからも声がする。振り向くと、そこに立っているのもあの時のメンバーだった。

気が付くと真里亜は、あの時の四人組に囲まれていた。四人は口々に親切そうな言葉を掛けながら、真里亜を無理矢理抱き起こし、外に連れ出そうとする。

（英俊、酷い。酷い）

英俊はまた、真里亜を売ったのだ。前に真里亜を売った時の稼ぎがよほど良かったのだろう。味を占めた英俊は、また金に困って、真里亜を四人に抱かせようとしているのだ。

「いや。離して」

必死で逃れようと藻掻《もが》く。だが、膣の中では相変わらずバイブが動き続けている。足も縺《もつ》れているし、頭もうまく働かない。

「なに言ってるんだよ、こんなにフラフラしてるのに」

「さあ、行こう。ちゃんと病院で、診察してもらおうね」

「て言うか、僕ちゃんが診察してあげるよ」

最後の男の言葉で四人はケラケラ笑った。まるで中年のスケベ親父のような、若さの感じられない下卑た笑いだった。

必死で嫌がる真里亜の様子に、周りの客は異常を感じている。だが、見るからに不良と思われる四人の服装に、声を掛ける勇気が出ないらしかった。

泥酔した酔っ払いが連れて行かれるように、真里亜は四人に引き摺られていく。これからおそらくどこかのラブ・ホテルに連れていかれて、また前のようにレイプされるのだ。

真里亜の目に、涙が滲んでくる。情けなくて、情けなくて仕方が無い。これでは自分が、あんまり可哀そう過ぎる。

と、四人と真里亜の間に、割って入ってきた男が居る。

「なんだよ、お前」

「なにしてんだよ、殺すぞ」

「すみません、この人、僕の知り合いなんです」

彰太の声だった。真里亜はハッとして、声の方を向く。

彰太の腕が、真里亜を守るように肩を抱いていた。

「助けて」

真里亜は必死で彰太に縋った。今はもう、この男しか頼れる相手は居ない。

「この男たち、私をレイプするつもりなの。助けて！」

周りの客にも聞こえるように、大きな声で言った。レイプという剣呑《けんのん》な言葉に、さすがに周りの客がざわめき出す。

「なんだと、このアマ、好い加減なこと言いやがって」

「俺たちは親切で助けてやろうとしてたんだぞ」

「こら、手前ぇ、手を離せ。消えろよ」

「ミンクちゃん、行こう」

彰太は構わず、真里亜を引き摺っていく。真里亜も必死で彰太に縋り、その場から逃れようとする。

「待てよ、この野郎！」

「こっちは金払ってんだよ、勝手なことするな！」

「殺すぞ、手前ぇ！」

四人組は追ってきて、二人を阻む。彰太はなんとか振り切って逃げようとするが、腰のバイブに下半身の力を奪われている真里亜は、思うように動けない。

その時、四人組の肩を叩く者が居た。

「お客様、何をなさっているのですか？」

「うるせえ！　誰だ、お前は！」

「店の警備員です。ここではお客様にご迷惑が掛かりますので、ちょっと奥にいらしていただけますか？」

「うるせえんだよ！」

四人組の一人が、ポケットからナイフを取り出す。周りの客から悲鳴が上がる。

だが、幸いなことに、その警備員は護身術の心得があったようだ。ナイフを突き付けてきた手首を取ると、それを捻り上げた。若い男は痛みに悲鳴を上げた。ナイフを取り上げる時に警備員がハンカチを使ったのは、後々警察に証拠として提出するつもりなのだろう。

そしてその警備員は、二人に早く立ち去れと目で合図した。彰太は少し頭を下げると、真里亜を抱えて立ち去ろうとする。

「あっ！、待てっ！」

「ふざけるなよ、この野郎！」

残りの三人が彰太と真里亜の後を追おうとするが、その前に、さらに別の男が二人、立ちはだかった。

「お客様、店内ではお静かに願います」

「さあ、奥へ」

警備員は全部で三人、若者たちは四人だったが、立ち居振る舞いから、前に立っている二人も腕に覚えがありそうな雰囲気だった。四人組は、諦めて、その場に立ち尽くした。

「行こう、ミンクちゃん。さあ、急いで」

「う、うん」

真里亜は彰太の腕に縋り付いて、必死で歩いた。

スーパーを出てちょっと歩いたところで、真里亜は悲鳴を上げた。

「あああっ！」

「ミンクちゃん、どうしたの？　しっかりして！」

突然、腰のバイブが暴れ出した。

さっきまでのバイブ責めも辛かったが、それでも英俊は手加減をしていたらしい。さっきまでとは比べ物にならないくらいに激しく、強く、バイブが動き始めた。真里亜はたちまち、絶頂に追い上げられてしまった。その場にへたへたと座り込むと、それでも必死で彰太の腕に縋りながら、全身をビクッビクッと痙攣させる。

「ミンクちゃん！　しっかりして！」

「ああ、い、いきそう。また、いく」

そして真里亜は、周りを見回した。

背後に、英俊が立っている。離れた場所に居た英俊は、警備員に見咎《みとが》められずに済んだらしい。スーパーを出るまで真里亜に手を出さなかったのは、別の警備員に捕まることを用心したのだろう。

英俊の顔は悪鬼のように歪んでいた。素直に四人組に抱かれなかったことに、腹を立てているらしい。

彰太も、英俊の存在に気が付いた。そして、真里亜の体の中で悪戯《いたずら》をしているオモチャのことも。

「ミンクちゃん、ごめん！」

「あああっ！　だ、駄目！」

突然、彰太は真里亜のジーンズの中に手を突っ込んできた。真里亜の陰毛を擦りながら、彰太の手が奥に入ってくる。

そして、まだ動き続けているバイブを探り当てると、それを乱暴に引き抜いた。

「あああっ！」

膣の中を乱暴に擦って出ていくバイブの感触に、真里亜はまたいった。二度目の絶頂は、最初のものよりずっと強烈だったようで、真里亜は白目を剝いて全身を震わせている。

彰太はまだ動き続けているバイブを取り出すと、それを英俊目がけて投げ付けた。真里亜の愛液でべとべとになっているバイブは英俊の顔に当たり、そして落ちた。

英俊はケチな男である。なけなしの金で購入したバイブを無くすのはもったいないと思ったのだろう。スイッチを切ると、落ちているバイブを拾い上げて自分の鞄の中にしまい込んだ。周りの通行人の侮蔑的な視線に気が付くと、文句あるかという様子で睨み返す。

「ミンクちゃん！　行こう！」

「あ、ああっ」

真里亜はまだ、さっきの強烈な快感の余韻の中に居る。頭の中には霞《かすみ》が掛かっているし、腰の力も抜けたままだ。

真里亜の頬が、激しい音を立てて鳴る。彰太に叩かれたのだと気付くまでに、少し時間が掛かった。

「しっかりして！　逃げるんだ！」

「は、はい」

彰太の平手打ちのお陰で、意識が戻った。真里亜は立ち上がると、彰太と一緒に走り出した。

「待て！」

英俊もまた、二人の後を追って走り出した。

彰太と真里亜は必死で走り続ける。だが、やはり真里亜は思うように走れず、英俊との差はどんどん縮まっていく。彰太は、なるべく人込みの中に紛れ込むようなルートを選んで逃げたが、それでも、英俊を振り切ることはとてもできそうになかった。

繁華街を抜けた小さな公園に差し掛かった時、彰太と真里亜はとうとう英俊に追い付かれた。英俊は彰太に飛び掛かると、押し倒し、殴り付けた。たった一発の拳固で、彰太の唇は切れ、血がたらたらと流れてきた。

「やめて！　英俊！　やめて！」

「野郎！　ふざけやがって！　この野郎！」

英俊は、何発も何発も、彰太を殴り続ける。彰太は黙って、英俊に殴られている。

「お前、人の女に手を出して、ただで済むと思うなよ」

「君の女なんだったら、もう少し大切にしてやれよ」

「なんだと！」

「君は、ミンクちゃんに相応しくない」

「この野郎！」

英俊はまた、彰太を殴り始めた。

「やめて！　やめてよ！」

真里亜は必死で英俊の腕にしがみ付き、彰太を殴らせまいとする。その行動が、ますます英俊を昂奮させてしまったらしい。真里亜を邪険に振り払う。真里亜の小さな体が、公園の地面に叩き付けられた。

英俊が、ナイフを取り出す。そして、それを彰太の首筋に押し当てる。

「俺があいつに相応しくないだと！　だったらお前は、あいつに相応しいつもりでいるのか！」

「少なくとも、君よりも僕の方が彼女に相応しい」

「ふざけるな！」

英俊が、ナイフを引く。彰太の首の皮膚が裂ける。傷は意外に深いらしく、みるみるうちに血が流れ出してくる。

「殺すぞ、手前ぇ！　本気で殺すぞ！」

「殺せよ」

「何ぃ！」

「ミンクちゃんのために死ねるなら、僕は本望だ」

「浅田さん」

真里亜は彰太のことを、本名で呼んだ。真里亜の目から、涙が溢れ出してくる。彰太に感動している様子の真里亜に、英俊の顔が嫉妬で歪む。

そして、笑った。英俊がそういう笑い方をするのは、何か残酷なことを思い付いているのだ。

「ぐうっ！」

腹に強烈なパンチを受けて、彰太が呻く。よほど強烈なパンチだったのだろう、彰太は体を海老のように曲げて、苦しげにのたうち回る。

そうして彰太の動きを止めた上で英俊は立ち上がり、真里亜の方に目を向けた。

真里亜は身の危険を感じて、逃げようとする。だが、すぐに英俊に追い付かれてしまう。

「やめてよ！　離して！　離せ！」

必死で暴れる真里亜を、英俊は地面に押し倒した。そして今度は真里亜の上に馬乗りになり、ブラウスを一気に引き裂いた。真里亜は思わず、悲鳴を上げる。

「おい、こいつのためなら死んでもいいと言ったな」

英俊は残忍な笑いを浮かべながら、彰太の方を見た。

「だがな、あいにくこいつは俺の女なんだ。今からその証拠を見せてやる。よおっく、見てろ」

そして英俊は、前開きブラのホックを外した。真里亜の豊満な乳房が、ぼろんと剝き出しになる。

「な、なにをするつもりなの」

「お前を抱くんだよ。ここでな」

真里亜の顔から、さあっと血の気が引く。公園の真ん中で、それも白昼堂々と、この男は真里亜とセックスをするつもりなのだ。

慌てて、辺りを見回す。人通りの少ない一角だが、この騒ぎのせいでさすがに人が集まり始めている。ただならぬ雰囲気を感じた通行人たちが立ち止まって、公園の周りから中の様子を窺っている。

（まさか、こんなところで）

だが、英俊ならやりかねない。頭に血の上ったこの男には、何をやっても不思議ではない狂気が宿っている。

真里亜は必死で抵抗する。全身の力を込めて暴れ、脚をばたつかせる。なんとか英俊の体の下から逃れようと藻掻く。

英俊はまた彰太の方を見て、ニヤニヤと笑ってみせた。

「見てろ。俺に抱かれながら、嬉しそうに声を上げるこいつの姿を。俺に突かれながら、俺に縋り付いてくるこいつの本性を」

「やめて！　いや！　獣《けだもの》！」

真里亜は髪を振り乱して叫ぶ。胸に爪を立てる。腕に嚙み付こうとする。

それでいて、真里亜は感じていた。この異常な状況の中で犯されようとしていることが、真里亜の体に火を点《つ》け始めていた。股間が濡れ始め、体中が熱く火照《ほて》り、乳首の先が固くしこってきた。

英俊の期待通り、このままでは真里亜は自分の官能に負けてしまう。衆人環視の中で裸に剝かれ、股間にペニスを突っ込まれながら、あられもない声を上げて感じ乱れてしまう。

そんなことになれば、恥ずかしくてもう、この町には居られない。せっかく馴染《なじ》み始めたこの町を捨てて、またどこかに逃げるしかない。

だが、哀しいことには、今の真里亜を感じさせているのは、この恥ずかしさだった。あまりに異常なこの状況そのものが、真里亜の心を狂わせ始めているのだった。

英俊はどうやら、真里亜の乳首のしこりに気が付いたらしい。いかにも真里亜を見下したように笑い声を上げ、そして指で乳首を思い切り抓り上げた。

「くっ！」

痛みとも疼《うず》きとも知れぬ感覚が背骨から脳天に突き上げてきて、真里亜の動きが一瞬止まる。続いてもう片方の乳首も抓られ、下半身の力が抜け落ちる。

それでも真里亜は、必死の抵抗を続ける。英俊は残忍な獣《けもの》の目で、断末魔の獲物の足掻《あが》きを見詰めている。

その時、動く影があった。蹲っていた彰太がよろよろと立ち上がり、真里亜と英俊の間に割って入ろうとしているのだった。

「駄目！　浅田さん、逃げて！　早く逃げてぇ！」

真里亜は心からそう叫んだ。もうこれ以上、彰太が殴られる姿は見ていたくない。これから英俊の愛撫に負けて、みんなの前で悶え乱れる自分の姿も見てほしくはない。

そうだ、この人だけは逃げて欲しい。真里亜は切実に思った。

そうすれば、後は真里亜が一人で恥を掻けば済むことだ。英俊に虐められ、辱められることなど、もう真里亜には慣れっこだった。彰太に見られさえしなければ、真里亜は英俊のお望み通り、ここで全裸にされ、声を上げさせられても、もう構わない。

ただ、彰太にだけは見られたくない。彰太が此処《ここ》に居る限り、真里亜は自分の官能に身を委ねてしまう訳にはいかないのだ。

だから真里亜は、彰太に逃げて欲しいと、心底願っていた。

だが、そんな思いは彰太に届かない。ふらふらと蹌踉けながら、真里亜と英俊の間に割り込んでくる。

英俊は、真里亜の乳首から手を離す。そして、彰太の胸倉を摑む。

「引っ込んでろよ」

そして英俊は彰太の顎を思い切り殴り付けた。彰太の体が大きく後ろに反り返り、そのまま数歩たたらを踏むと、ドウと後ろざまにひっくり返る。

彰太のその無様な姿を見て、英俊は面白そうに笑う。

「見ろよ、真里亜。お前の新しい恋人は情けない奴だな。自分の女を守ることもできないらしいぜ」

そして英俊は、真里亜の唇を奪う。唇と唇の間に、自分の舌を割り込ませていく。真里亜は歯を噛み締めて、舌の侵入を拒絶した。

これくらい昂奮させられていたら、いつもの真里亜なら簡単に英俊に屈服していたところだ。だが、今日の真里亜は頑なだった。その強情さの原因が彰太の存在であることを、英俊ははっきり意識していた。

「この野郎!」

嫉妬に狂った目をしながら、英俊は両手を真里亜の顔に押し当てた。片手を鼻や額に当てて無理矢理押し上げ、もう片方の手で下顎を押し下げた。真里亜の口が強引にこじ開けられた。

こじ開けた口の中に英俊は舌を突っ込み、無茶苦茶に掻き混ぜた。

それは愛撫などというものではない。英俊の舌の動きには繊細さのかけらも無かったし、真里亜は真里亜で、少しでも英俊の手が緩んだらこの舌を噛み千切ってやろうという気でいた。

　だが困ったことに、こんな乱暴な仕打ちにさえ、真里亜の体は反応してしまうのだった。口をこじ開けられ、舌で口の中を掻き回されながら、真里亜の下半身はまたかっと熱を持ち始めていた。もう、ペニスを突き立てられたくて仕方が無くなっていた。

　拳で顎を強打された彰太は、しばらく立ち上がれずに呻いていた。だが、やがてまた身を起こすと、懲りずに英俊に立ち向かっていく。

　それをまた、英俊は簡単にノックアウトしてしまう。

　彰太が立ち上がっては英俊に殴り倒される。そんなことが、何度も続いた。倒されても、倒されても、彰太は決して諦めなかった。

　そんな彰太の姿を見ながら、真里亜の目にまた、熱い涙が滲んだ。

「浅田さん、もういい。もういいの」

　だが、それでも彰太は諦めない。

「死んじゃうよ。浅田さん、本当に殺されちゃうよ」

　真里亜の頬に、拳骨《げんこつ》がガンと打ち付けられる。

「余計なことを言うなよ」

　英俊は、恐い目で真里亜のことを睨み付けている。

「本人が死にたいってんだから、死なせてやればいいじゃねえか」

真里亜もまた、英俊を睨み付ける。反対側の頬に、また拳固が入った。

「や、やめろ」

ひっくり返っていた彰太が、また立ち上がろうとしている。英俊の目にまた、残酷な光が宿る。

「野郎、本気で殴り殺してやる」

この一言に、真里亜はぞっとした。

「逃げてぇ！　浅田さん、逃げてぇ！」

必死で叫ぶ。英俊は本気で彰太を殺すと思った。

哀しいのは、彰太に逃げてほしいと祈る気持ちの片隅に、彰太が居なくなった後で、英俊に思い切り嬲ってほしいと願う気持ちが混じっていることだ。

真里亜のマゾヒズムは、すでに頂点に達していた。彰太が襲いかかってくるたびに中断される英俊の愛撫に、真里亜は焦れていた。

このまま嬲り尽くされたい。人に見られてもいい。どれほど惨めな目に遭わされてもいい。今燃え盛っている欲情の炎を、燃やし尽くして欲しい。

そういう思いが、真里亜の心の奥底でチロチロと炎を上げ始めていた。今の真里亜の叫びには、そういう打算が少し混じっていた。それが自分で、情けなくて仕方が無い。

彰太は、そんな思いに気付かない。真里亜を助け出すことができないのならばこのまま殴り殺されてしまいたいとでも言うように、性懲りも無く英俊に飛び掛っていく。

英俊はその衿首をぐっと摑んだ。そしてにやっと笑った。

「いくらでも、掛かってこいよ。このフニャチン野郎」

そしてまた、英俊は拳を振り上げた。

その拳を誰かに摑まれる。摑まれたが最後、てこでも拳を振り下ろせない、ものすごい握力だった。

「もう、それくらいでやめときな」

「ホオジロさん！」

突然現れた鮫島に、真里亜ははっとした。慌てて英俊の体の下から這い出すと、無残に裂かれたシャツの前を閉じ合わせる。

「お、お前、何だよ！」

強がる英俊の声が震えている。相手が堅気の人間でないことに、本能的に気付いている様子だった。

「俺か？　俺はなあ」

鮫島はニコニコと笑っている。ニコニコと笑いながら、凄みがある。チンピラの英俊とは明らかに貫禄が違う。

「通りすがりのただのヤクザだよ」

はっきり、俺はヤクザだと宣言されて、英俊の顔が蒼褪めていく。さっきまでの猛々《たけだけ》しさは消えて、小動物のようにおどおどと震えている。

「兄ちゃん、もう気が済んだだろう。もう勘弁してやりな」

英俊は、黙って俯いている。鮫島は、摑んでいた英俊の腕を離す。

「さあ、さっさと帰んな」

英俊は、驚くべき速さで立ち上がった。そして、真里亜の手首を摑んで逃げ去ろうとする。

「その女は置いていくんだ」

さっきまでとは打って変わって険しい口調の鮫島に、英俊は驚いて振り返る。そして、ゆっくりと手を離す。

「さっさと消えな」

鬼のような形相というのは、こういう顔を言うのだろう。鮫島の睨みに震え上がった英俊は、おずおずと後ろに下がる。

「ち、畜生。覚えてろよ」

「ああ、お前の面《つら》は忘れないよ」

「このままじゃ、済まねえからな。きっと、この落とし前は付けてやる」

そして英俊は、振り返り様、走っていこうとして、立ち止まった。そこには、黒い背広の男が立っている。英俊は、危うく彼らとぶつかるところだった。

その時初めて気が付いたのだが、三人に近付いてきていたのは鮫島一人ではなかった。周りをぐるっと遠巻きにするようにして、七、八人の男が立っている。どの男も、とても堅気とは思えない。

さすがにもう、英俊には虚勢を張る元気も無かった。真里亜にも彰太にも見向きもせず、一目散に逃げ出した。真里亜はその後ろ姿を呆然として見詰めている。英俊が真里亜を傷付けようと企《たくら》んでそれが失敗に終わったのは、もしかするとこれが初めてのことだったかもしれない。

鮫島は、彰太の近くに寄って行く。その動きに釣られて、真里亜も彰太に目を向ける。

「おい、兄ちゃん。大丈夫か？　えらく酷くやられたもんだな」

だが、英俊が立ち去ったことで気が抜けたのだろう。彰太は半ば放心状態で、鮫島の問いに答える気力も残っていない様子だった。

顔は、ジャガイモのように腫れている。首筋に付けられた傷はまだ塞がっておらず、彰太の上着を赤く染めている。彰太の顔色が蒼いのは、血が流れ過ぎて貧血を起こしているせいだろう。

　それは、見るからに無残な姿だった。

　真里亜はわっと泣き出した。この女がこんな泣き方をするのかと思うくらい、臆面も無い泣き方だった。

「ごめんなさい」

　真里亜の声に反応するように、彰太が目を開ける。

「ミンクちゃん」

「私のせいで、こんなことになって。ごめんなさい。ごめんなさい」

　そして、真里亜は彰太の首筋に抱き付いていった。自分の服が血で汚れることも気にせず、彰太の体を抱き締めた。どこかの傷が痛むのだろう。彰太はうっと呻き声を上げた。

　その口を、真里亜の唇が塞ぐ。思いもよらぬキスのプレゼントに、彰太は目を白黒させている。

「おいおい、見せつけないでくれよ」

　鮫島が冷やかしの声を掛けるが、真里亜には聞こえない。何かに執り憑かれたように、真里亜は彰太の瞳を見詰め、熱いキスをしては、ごめんなさい、ごめんなさいと繰り返し、そして泣くのだった。

　そんな真里亜を、彰太の腕が抱き締める。真里亜は引き寄せられるままに真っ赤に染まった服の上に顔を埋め、泣きじゃくる。

「ミンクちゃん、逃げよう」

　真里亜の肩がぴくっと震える。

「君は、あんな男と一緒に居ちゃいけない。僕と二人で、どこかに逃げよう」

　真里亜は、顔を上げる。彰太の体の血で、真里亜の頬は真っ赤になっている。

　真里亜は、頭を横に振った。

「ミンクちゃん」

「駄目。それじゃ、浅田さんを巻き込むことになるわ」

「僕はそれでも構わない」

「どこに逃げても、きっとあいつに見つけ出されるわ。今度は本当に、殺される」

「僕はそれでも構わない」

「駄目よ！　浅田さん！」

「彰太だ」

「……彰太さん」

そしてまた、真里亜は彰太の胸に顔を埋める。

「彰太さん、死んでは駄目。死なないで」

それから、恥ずかしそうに、小声で付け加えた。

「真里亜のために」

後ろではははと声がする。鮫島の笑い声だった。

「いいなあ。青春だなあ。え？　ミンクちゃんも、そっちの兄ちゃんも、泣かせるじゃねえか」

そして、二人に近付き、二人の肩を抱く。

「俺がお前たちを助けてやるよ」

「え？」

「いや、そんなご迷惑は……」

「いいから、黙って随いて来な」

そして鮫島は、手下に彰太を抱え上げさせると、歩き始めた。仕方なく、真里亜も鮫島の後を追った。

見るからにやくざ者という風情の鮫島が近付いてくると、野次馬の波はさっと左右に割れた。

七

真里亜と彰太は、鮫島の車の後部座席に乗せられる。手下が応急処置をしていたが、それでも車体が跳ねるたびに、彰太は辛そうな呻き声を上げげた。

鮫島は助手席に座って、運転をしている男と何かしら話をしている。真里亜と彰太の悲壮な様子に比べて、鮫島と運転手はまるでドライブでもしているように緊張感のかけらも無い。

車は随分と遠くまで走ってきている。もう市境を二つは越えた。

「どこまで行くの？」

真里亜は、不安そうに尋ねた。

「あいつに見付からないためには、なるべく離れた場所の方が良いだろ？」

「もう、あの町には戻らないの？」

「もしかすると、永遠にな」

「困るわ。私、お店に出ないといけないのに」

「お前が戻るなら、この二枚目も戻るぜ。そしたらあいつに殺される。それは、いやなんだろ？」

　真里亜は、言葉に詰まる。

「店には、親が危篤だとでも言って、長期休暇を取ることだ。売れっ子のミンクちゃんの頼みなら少々の無理でも聞いてくれるさ」

「でも、それじゃお金が……」

「これからしばらくの間、お前は俺の店で働くんだ」

「ホオジロさんの、お店で？」

「秘密の会員制ＳＭクラブだ。客に色々酷いことをされるが、本番は一切無し。取り分は50パーセントだ。悪くないだろ？」

「急にそんなこと言われても」

「すぐに店に出る訳じゃない。うちの仕込み師についてしばらく修業してもらう。その間の給料も、固定制で支払う。その仕込み師ってのは、ミンクちゃんもよく知っている源次だがね」

　真里亜の顔が少し赤らむ。源次の調教を受けるのは、ちょっと困るような気がする。

「仕込みを受けている間に、うちで働くかどうするか、決めればいい。兄ちゃん」

　突然呼ばれて、彰太が顔を上げる。全身の痛みのせいだろう、彰太の体には、うっすらと汗が滲んでいる。

「あんたにも、うちの仕込み師の仕込みを受けてもらう。そのつもりでいてくれ」

「浅田さんに何をさせるつもりなの？」

口を利く元気も無い彰太に代わって、真里亜が訊く。鮫島は、ただ笑っているだけだ。

鮫島の店には看板が無い。なんという名前の店なのか分からないが、秘密倶楽部だから看板も出さないということなのだろう。

中に入ると、そこにはいくつかのテーブル席が据えられている。奥の壁際にはカウンターが設《しつら》えてあって、一見するとそこは小ぢんまりとしたバーのような造りになっていた。

だが、それがこの店の施設のほんの一部でしかないことは、奥に向かう通路が意外に深く続いていることで分かる。

つまり、手前のバーは単なる待合室なのだ。ここで一旦客をもてなした上で、本当のお楽しみはもっと奥の施設でということだ。

カウンターの奥に居たバーテン風の男が、鮫島の近くに寄ってくる。

「オーナー、おはようございます」

「おはよう」

鮫島は上着をイブニング・ドレスの女に預ける。バーテン風の男は、鮫島の言葉を待つように後ろに立つ。

「マダムは？」

「地下の方にいらしていますが、お呼びしましょうか」

「ああ。ちょっと頼みたいことがあると伝えてくれ」

「はい」

男は奥の通路に消えていく。イブニング・ドレスの女が三人の座ったテーブルにコーヒーを運んでくる。鮫島が、イブニング・ドレスの女に話しかける。

「源次は来てるか？」

源次の名前に、真里亜はどきっとする。一瞬、お尻の穴がきゅっと締まったのを自分で意識する。

「いらしてます。奥で、お仕事を」

「お仕事か」

女の言い回しがおかしかったのだろう、鮫島はにやっと笑った。

「一段落付いたら、俺に連絡させてくれ」

「分かりました」

その時、奥から別の女性が現れた。

この女性もイブニング・ドレスを着ているが、仕立てやデザインにかなり金が掛かっているように見える。どうやらこの女性がマダムらしい。

年はまだ、若い。二十代前半というところだろう。にも拘わらず、一軒の店を任せられてきた人間の威厳と落ち着きも身に着けている。それでいて、顔立ちには品があり、いかにも育ちが良さそうな雰囲気が全身に溢れている。

真里亜はこの女性に敵意を感じた。自分が一番嫌いなタイプの女だと、本能的にそう感じた。

「オーナー、いらっしゃい」

「おう、マダム。今日はちょっと、頼みがあって来たんだ」

「何かしら」

鮫島は、火を点けかけていた煙草を仕舞った。マダムが煙草を喫《す》わないので自分も遠慮したという様子だった。

男にそんな心遣いを自然にさせているこの女が、真里亜はますます嫌いになった。

「この二人を当分、ここで預かってほしいんだ」

「あら」

「女の方は、店で働かせてやってくれるかな」

「それは構わないけど」

マダムは真里亜の方をちらっと見た。真里亜は、心の中の敵意を隠して、にこっと微笑《ほほえ》んでみせた。

「うちの店がどんな店かは、知っているのかしら」

「大丈夫だ。ちゃんと分かっている」

「あなた、名前は？」

「北村真里亜です」

「お店での名前は何にする？」

「あの、プリンで」

「プリンちゃんね。分かったわ。後で店の人間に紹介するから、一緒にいらっしゃい。……ええっと、そちらの男の方は」

「浅田彰太です」

「こちらの方は、どうしようかしら」

「こいつも、場合によっては店で働かせてもらえないかな」

「経験はあるの？」

「無いだろう。雑用係みたいなものでいいんだ」

「そうねえ。まあ、オーナーが良いのなら」

「頼むよ」

その時、いったん奥に引っ込んでいたイブニング・ドレスの女が戻ってきて、鮫島の耳元で何かを囁く。鮫島は小さく頷いた。

「それじゃマダム。このプリンちゃんのこと、よろしく頼むぜ。おい、兄ちゃん、随いて来な」

そして、鮫島は彰太を連れて奥に引っ込んでしまった。真里亜とマダムの二人だけが残された。

マダムは、優しげな瞳で真里亜を見詰めてくる。真里亜も精一杯の愛想笑いで返した。頬の肉が引き攣りそうで、それを抑えるのに苦労した。


彰太が連れて来られたのは、店の地下に並んでいる部屋の中だった。中に入ると中央に大きなダブル・ベッドが据えてある殺風景な部屋だ。そのベッドの上に上半身裸の源次が座っていて、煙草を燻《くゆ》らせている。入ってきた鮫島を見ると、源次は無言で会釈をした。鮫島も、無言で返す。

「ちょっとそこに座っていな」

鮫島は、部屋の隅に据えてある安物の応接セットのソファーに彰太を座らせると、自分は源次の隣りに腰掛けて、なにやらひそひそと話をしている。どうやら、今日のいきさつを説明しているらしい。源次は時々眉を顰《ひそ》めたり、彰太の方を盗み見たりしている。

彰太は落ち着かない。額の汗を拭ったり、部屋の中を見回したりしている。

話を聞き終わった源次は立ち上がり、彰太の前のソファーに座りなおす。彰太は、不安そうな目付きで源次を見ている。

「ミンクと逃げてきたのか」

「はい」

「これから、ミンクと二人でやっていくつもりか？」

「はい、そのつもりです」

「やめておいた方がいいんじゃないか？　あの女はお前の手に負える女じゃないぜ」

ぶしつけな源次の言葉に、彰太はちょっとムッとする。

「あの女はな、悪魔しか愛せない女だ。そういう呪いを掛けられているんだ」

「どういう意味ですか？」

「もしあいつが今、お前に愛情を感じているとしても、それは一時の気の迷いだということさ。お前みたいに刺激の無い男に、あの女はすぐに飽きてしまう。たとえ前の彼氏と縁を切っても、結局、同じような悪魔を求めてお前の元を去っていく。間違い無くな」

「………」

「最後に泣きを見るのは、結局お前だ。そうなる前に、最初から諦めてしまった方がいいんじゃねえか？」

「僕が」

「うん？」

「僕が悪魔になれば、良いんでしょう？」

後ろで鮫島が、声を上げて笑う。

「どうだい、源次。面白え奴だろ」

「へえ、まあ」

「だから源次、お前ぇがこいつを、悪魔に育ててやってくれねえか」

「このお人好しを、悪魔にですかい」

「そうだ。やりがいがあるだろ？」

源次は改めて彰太の顔を見た。

彰太もまた、源次の顔をまっすぐ見詰め返してくる。さっきまでのおどおどした様子は消え、思い詰めた顔で源次を睨みつけている。

「少なくとも、あの女と一緒になりてえというのは本気みてえですね」

「ああ、そうともさ。この弱虫野郎が、命を張って女を守ろうとしていたんだ」

「若頭の好きそうな話だ」

「まあな。俺はそういう健気《けなげ》な野郎に弱くてよ」

「分かりやした」

源次は煙草を揉み消して、彰太の方を見た。

「ただし、保証はしねえ。本当にあの女を夢中にさせる男になれるかなれないかは、手前《てめ》ぇの努力次第だ。分かるな？」

「はい！」

「素直で良い返事だな。……そこが問題なんだがな」

源次は不安げな様子で彰太を見ている。鮫島は相変わらず楽しそうに笑いながら、やはり彰太のことを見ていた。

八

源次は頭を抱えていた。その横で、鮫島が腹を抱えて笑っている。

今日は、彰太と真里亜に鞭打ちプレイをさせていた。彰太に鞭の使い方を特訓し、それなりに形になってきたので、真里亜を相手に試してみることにしたのだ。

彰太の鞭の使い方は、中々のものだった。真里亜の背中を厳しく打ち、鋭い音が調教部屋の中に響いた。

「あああっ！　あああっ！」

最初の一打ちで、真里亜は絶叫した。彰太の鞭の思わぬ厳しさに、驚きの視線を向ける。

二撃目が振り下ろされる。真里亜が身悶える。三撃目が振り下ろされる。真里亜の腰が揺れる。

一打ち毎《ごと》に、真里亜は悲鳴を上げた。身を震わせ、体をくねらせた。目が陶然としてきて、焦点がぼやけてくる。真里亜は明らかに、プレイに入り込んでいる。

「いやっ！　駄目ぇっ！　も、もう許してぇ！」

感極まって真里亜が絶叫したその時だ。突然彰太が鞭を振る手を止めてしまった。焦点の定まらぬ目で、真里亜は怪訝そうに彰太を見上げる。

「どうしたんだ」

源次も、不思議そうな顔で彰太に訊く。

「あの、真里亜が痛がっているんで」

「手前ぇ、痛がってるで手を止めてたんじゃ、仕込みにならねえだろう！」

「すみません」

源次と彰太の掛け合いの面白さに鮫島は大声を上げて笑い出した。目に涙さえ浮かべている。

源次は立ち上がると、彰太の手から鞭を取り上げた。

「見てろ、こうするんだ」

そして源次は、まだはあはあと荒い息を吐《つ》いている真里亜の背中を思い切り打った。彰太の鞭とは比べ物にならない強烈な音が、部屋中に響いた。

「い、痛あいっ！」

真里亜は悲鳴を上げた。源次は構わず、二発、三発と鞭を振り下ろしていく。

「い、いやあっ！　やめてぇっ！」

源次はそれでも許さない。鋭い鞭を、何度も振り下ろしていく。真里亜の全身に赤い鞭痕が刻まれていく。

堪らず真里亜は、膝擦りして源次から逃げようとする。源次はそれを、大股の足取りで追いかけていく。そして、なおも打擲《ちょうちゃく》し続ける。

「いやああっ！　ああああっ！」

真里亜の目はついに泣き出した。必死で体を丸めたり、両手で体を庇ったりしながら、なんとか源次の鞭から逃れようと藻掻く。それでも源次は、少しも容赦しようとはしない。

堪らず彰太が立ち上がる。源次と真里亜の間に割って入ろうとする彰太の肩を、鮫島ががしっと抱き止めた。

「兄ちゃん、もう少し、黙って見てなよ」

「でも、あれじゃあんまり……」

「いいから、黙って見てるんだよ」

真里亜はとうとう、その場に倒れ込んで動かなくなってしまった。源次の鞭が当たった瞬間だけ身を震わせるが、あとは完全に諦めてしまって、源次にされるがままになっている。

「あああっ！　あああああっ！」

真里亜にはもう、意味のある言葉を口にする元気も無い。発する泣き声はもう、号泣に近い。英俊の暴力を受けていた時でさえ、これほど無防備に泣きじゃくってはいなかった。

彰太の目が、怒りで燃える。あと数分、源次の責めが続いていたら、彰太は本気で源次に殴りかかっていただろう。

果たして、彼の拳が源次に当たっていたかどうかは分からないが。

最後に一発、思い切り強烈な鞭が入って、源次はようやく鞭を収めた。さすがに、源次の息も乱れている。裸の上半身には、びっしりと汗が滲んでいた。

一方の真里亜の体も、全身汗まみれである。

真里亜は既に、放心状態である。顔は涙と洟水でぐしょぐしょになっているし、目は白目を剝いている。体の震えががくがくと止まらないのは、一種のパニック状態に陥ってしまっているのであろう。

「彰太。ここに来い」

源次が、呼ぶ。彰太は怒りを必死で抑えながら、源次のそばに近付いていった。

源次は彰太の手を取り、それを真里亜の股間に導いていく。真里亜の秘所に、彰太の指が挿《はい》っていく。真里亜は少し背中を反らせ、ああっと小さく、声を洩らした。

彰太の顔に、驚きの色が浮かぶ。

「どうだ。どんな具合だ」

「……濡れています」

　彰太の言う通り、真里亜の股間は濡れていた。愛液が内股にまで漏れ出して、もうびしょびしょの状態になっていた。

　彰太は、衝撃を受けた。

　この町に逃げてきて以来、真里亜と彰太は何度も体を重ねている。ほとんど毎日、真里亜と彰太は抱き合っていた。

　その経験から言うと、真里亜は濡れにくい女だった。挿入が可能になるまで、かなり丁寧な愛撫が必要だったし、ようやく濡れ始めても、それは本当にささやかな湿り気でしかなかった。

「私、ちょっと不感症気味なの」

　真里亜は恥ずかしそうにそう呟いた。

　だが、今の真里亜は、昨日までのことが嘘のように激しく濡れている。真里亜の体が、こんな状態になること自体、彰太には驚きだった。

「お前の女だ。お前がいかせてやれ」

　彰太は頷《うなず》き、真里亜の中に入っている指を少し動かす。

「あああっ！」

指の感触に、真里亜の意識が覚醒する。表情の消えていた顔が、切なげに歪む。両脚がくっと閉じて、彰太の指を強く挟んだ。

「私、ちょっと不感症気味なの」

彰太の頭にまた、真里亜のあの言葉が浮かんでくる。

彰太とのセックスで、真里亜の反応は控え目なものだった。いく時も、真里亜のいき方はいたって物静かなものだった。

今日、初めて知った。本当に感じている時の真里亜がどんなに悩ましい顔をするのか。どんなに切ない声を上げるのか、そして、どんなにいやらしく腰をくねらせるのか。

淫らに悶える真里亜を見ている、彰太の頭にカッと血が上る。彰太は夢中で、真里亜の股間を指で掻き回す。

「だ、駄目！　駄目駄目、あああっ！　お、おかしくなる！　へ、変になっちゃうぅ！」

真里亜の体が大きく反る。ぶるぶるぶるっと全身を震わす。眉を寄せ、頭を振り、そして大きく開けた口から力の限りに絶叫した。膣の中に挿入している指先が、きゅうっと締め付けられる。

「ああああっ！　い、いくうっ！　いくうっ！」

真里亜の全身がガクッと撥ねる。全身の力が一気に抜け落ちていく。

そして真里亜は、放心状態のまま、乱れた息を調《ととの》えようともせず、ぐったりと床に倒れ臥していた。

「分かったか」

「は、はい」

「お前とのセックスで、この女が感じているように見えたのは、ただの演技だ。お前を傷付けないように、いった振りをしていただけだ」

彰太は赤い顔をして俯いてしまう。夜中にこっそり、真里亜を抱いていたつもりだったのだが、源次にちゃんと聞かれていたのだ。

「真里亜が本気で感じていないということはな、お前がまだ、本物の悪魔になりきっていないということだ」

「……はい」

「まあ、頑張ることだな」

源次は、裸の真里亜を抱き上げる。真里亜の部屋に戻して、一休みさせるためだ。

抱き上げられた真里亜は、虚ろな表情のまま、源次の方を向く。そして、熱い視線で源次を見詰める。

その視線はまるで、恋する乙女のように熱い。

源次は知らぬ顔をしている。それでも真里亜は源次の方を向いて目を逸らさない。そこには、視線の力で源次を振り向かせてみせるという強い意志が感じられた。

彰太もまた、真里亜のことを見ていた。自分の視線の力で、真里亜を振り向かせようと。だが、真里亜は最後まで彰太の方を向かなかった。彰太の視線も、真里亜の視線も一方通行のまま、源次と真里亜はドアの向こうに消えていった。

バタンと乱暴にドアが閉じられると、彰太は頭を抱えて顔を伏せてしまった。鮫島が、彰太の肩をぽんぽんと叩く。

「気にするなよ、兄ちゃん。急に性格は変わらねえからな。まあ、気長にやることだ」

「鮫島さん」

「ん？　何だ？」

「僕、やはり駄目なんでしょうか」

「だから、何がだ」

「やはり、僕では真里亜を満足させてやることはできないんでしょうか」

「まあ、源次が最初に言ってた通り、兄ちゃんの手に余る女ではあるな」

「元々相性の悪い二人が無理に一緒に居るより、もっと真里亜に相応しい男と一緒になる方がいいのかもしれません」

「鞭のプレイをうまくできなかったからか」

「鞭だけじゃないです。きっと何を使っても、僕は中途半端で、真里亜を満足させてやれないと思うんです」

「だったら、昔の彼の所に帰してやるかい？　あの男なら、真里亜が泣こうが喚こうが、平気で鞭を打ち続けられるだろうからな」

彰太の顔に、怒りが浮かぶ。以前の町を逃げ出すきっかけになった、英俊の暴力を思い出したのだ。

「それは、いやなんだろ？」

彰太が、小さく頷く。

「だったら兄ちゃんが頑張るしか無いんじゃねえか？」

「例えば、源次さんなら、真里亜を幸せにしてあげられると思うんです」

「どうかなあ。あいつはああ見えて結構もてるからなあ。真里亜一人に操を立てる気は無いんじゃねえか」

「でも、真里亜の魅力をもっとちゃんと分かって貰えたら……」

鮫島の顔付きが、少し険しくなる。彰太は、口にしかけた言葉を呑み込む。

「いいか、若いの。俺も源次も、お前が頑張るって言うから付き合ってやってるんだ。お前が諦めたんなら、今すぐここを出て行ってもらおう」

突然、凄みを利かせる鮫島に、彰太は言葉が継げなくなる。こうして睨まれてみると、鮫島はやはり侠客だった。その貫禄に、彰太が縮み上がる。

鮫島は、ポケットから煙草を一本取り出すと、それに火を点ける。そして美味そうに一服燻らせた。

「なあ、兄ちゃん。あんたはきっと勘違いしていると思うんだが」

「はい」

「今日、源次が怒ったのはな。お前に、嫌がる女をがんがん虐められる、非道な男になれってことじゃないと思うぜ」

「え？」

「源次はな、それが本気のイヤなのか、もっとしてという誘いのイヤなのか、聞き分けられる耳を持てって言ってるのさ。そんなこと、あの昔の男にできてたと思うか？」

彰太は黙って、頭を横に振った。

「そうだろ？　そういう繊細さと優しさは、兄ちゃんみたいな男の方が持ち合わせてるはずだ。だから源次は、あんたを弟子にしたのさ。見込みがあると思っているから、ああして教えてくれているんだ」

「でも、僕にできるでしょうか。昔から僕、女心は苦手なタイプなんです」

鮫島が、ハハハと豪快に笑う。

「心配するな。きっとできるさ」

「そうでしょうか」

「考えてみな。源次はプロだ。仕込む女全員の心を読まなけりゃいけない。だけど兄ちゃんは、あの真里亜って姉ちゃんの心だけ読めりゃいいんだ。簡単だろ？」

「はあ」

「いいか、兄ちゃん。あんたはここで、あの真里亜って娘のプロになるんだ。あの子の言葉一つ一つに耳を傾けろ。あの子の仕草一つ一つに目を凝らせ。表情の変化一つ一つを心に刻み込むんだ。そうしていりゃあ、きっと兄ちゃんは、あの女好みの悪魔になれらあ」

彰太は、複雑な顔をしている。まだ自信は無さそうだが、少しはやる気が湧いてきたようにも見える。鮫島はまた、彰太の肩をぽんぽんと叩く。

「まあ、頑張んな」

「分かりました。頑張ります」

「おう、良い返事だ」

彰太は、部屋の隅に置いてあった煙草の箱くらいの大きさの文鎮を取り出し、それを鞭で打ち始めた。鞭の先が正確に文鎮に当たるように素振りを繰り返すという、源次の用意した練習法だった。

煙草を燻らせながら見守ってくれている鮫島を背中に、彰太は一心不乱に鞭を振り続ける。


その晩も、彰太は真里亜を抱いた。その夜の真里亜は、いつに無く乱れた。彰太のペニスを熱く焦がすように股間を燃え立たせ、汗まみれの体で彰太にしがみ付き、吼え、叫び、髪を振り乱して悶え狂った。絶頂の瞬間、真里亜の膣は彰太のペニスを食い千切ろうとするかのように、きつく締まった。

明らかに真里亜は、昼間の昂奮を引き摺っていた。

「あああっ！　す、すごい！　ああっ！　き、気持ち好い！」

「そんなに好いのか、真里亜」

「い、好い！　あああ、へ、変になるう！」

彰太の上に乗って夢中で腰を動かし続ける真里亜を、彰太は呆然として眺めていた。


その日、英俊は音羽組の組事務所を訪れていた。

元々英俊は音羽組と関わりがあった。この町に隠れている真里亜を見つけたのも、音羽組に来る用事があってこの町を訪れたのがきっかけだった。

そして今日、英俊は真里亜を見つけ出すのに音羽組の力を借りようとやってきた。失踪されてみると、英俊にはそれを探し出す手立てが一切無かった。

音羽組の事務所は雑居ビルの一室にある。バーやスナックの立ち並ぶ一番奥まったドアから中に入ると、そこが音羽組事務所だ。表に看板も上げていないのは、並びの店にやってくる客が怖がってはいけないという配慮だった。

小さな組だった。構成員全員入れてたったの六人の小さな所帯だ。しかも、若い組員はほとんど居ない。この組事務所に来ると、いつも英俊は老人ホームに居るような奇妙な気分になってくる。

だが、その年寄りが怖い。体力的にはどう考えても英俊の方が勝っているのに、この組の年寄りにそばに来られると、身が竦《すく》んで動きが取れなくなってしまう。ことさら凄んでみせる訳でもない、やたらと怒鳴り散らしたり睨み付けてきたりする訳でもないのに、滲み出してくる貫禄に圧倒されてしまうのだ。

「あの爺さんたちには逆らうなよ」

比較的若い組員も、英俊にそう忠告する。今残っている老人たちはみんな、激しい抗争の中で命を張って闘ってきたつわもの揃いなのだと言う。言われてみれば確かに、老人たちの貫禄は、そういう種類のものであるように思える。

そして、そんな年寄りの中でも一番恐いのが、組長の音羽権蔵だった。

小さくなってソファーに座っている英俊の前に、その権蔵が現れる。

年はもう、七十を優に越えているだろう。着流しの着物を着て仁王立ちになっている姿は、いかにも昔ながらの侠客という風情があった。

「ひさしぶりだな、若いの」

「あ、ご無沙汰してます」

権蔵は、英俊に対座して腰を掛けた。黒服の二人のヤクザが後ろに控えている。どちらも五十から六十の間くらいの年だが、滲み出てくる凄みがある。

権蔵は、シガー・ケースから葉巻を一本取り出した。右側に立っていたボディ・ガードが、すかさずライターを差し出す。

「お前、なんて名前だったかな」

「松川英俊です」

「そうだ、松川だったな。どうも年を取ると、物忘れが激しくなってな」

「はあ」

「で、今日は何の用だ？」

「女を捜してほしいんです」

「女？」

「俺の付き合っている女です。急に、居なくなっちまって」

権蔵は、鼻先でふふんと笑った。

「振られちまった訳だ」

「いえ、そんなんじゃなくて」

「諦めたらどうだい？　未練たらしい男は嫌われるぜ」

「それが、どうもどこかのヤクザに攫《さら》われたみたいなんで」

「ほう」

権蔵の目付きがまた、鋭くなった。

「素人さんに迷惑を掛けるなんざ、ヤクザの風上にも置けねえ奴だな」

「お願いします。真里亜を探し出してください。そして、助け出してやってください」

「そのヤクザ者というのは、この辺りの奴か？」

「そうだと思います。今までも、何度か顔は見たことがありますから」

「だとしたら、この界隈《かいわい》の組と言ったら数が知れている。俺の知り合いにゃあ、探偵も居ればば弁護士も居る。すぐに見つけ出せると思うぜ」

「ありがとうございます。よろしくお願いします」

「だが、人を動かすにゃあそれなりの費用が掛かる。若いの、お前、金は持っているのか？」

「はい。ここに」

英俊は、通帳と印鑑を差し出した。それは、真里亜が『レディ・アン』のロッカーに隠しておいたものだった。

それを手に取り、権蔵はまた、ふふんと笑った。

「女の金で女を追うのか。お前も、碌《ろく》なもんじゃやねえな」

「はあ。すみません」

「これっぽっちじゃ、本当は足りねえんだが」

権蔵は、後ろの組員の一人にそれを手渡した。

「特別に助けてやろう」

「ありがとうございます」

「ただし、この金額に見合う仕事しかしねえぜ。それ以上の助けが欲しいなら、また金を作ってくることだ」

「はい」

「女の、一番最近の写真を持って来い。十枚くらい、焼き増ししてな」

「はい、分かりました」

「まあ、心配ねえ」

権蔵は、葉巻を咥えて、煙を燻らせた。

「女を助けるためにでしゃばってくるようなお調子者には、ちょいと心当たりがあるんだ」

権蔵の目がまた、鋭く光った。


ある日源次は、真里亜の衣服を買い込んで来る。

「どうするんです、これ？」

彰太が訊《たず》ねる。

「レイプ・プレイをするのさ」

「レイプ・プレイ？」

「真里亜の着ている服をずたずたに引き裂いて、犯すんだ」

「僕がですか？」

「俺がやってやってもいいぞ」

源次の不機嫌な調子に、彰太は口籠《くちご》もる。

「もっとオシャレな服、無かったの？」

後ろから覗き込みながら、真里亜が不満そうに言った。

「言ってくれたら、私のお気に入りのブランドがあったのに」

「どうせすぐに襤褸《ぼろ》切れになっちまうんだ。デザインなんてどうでもいいのさ。安物でいいんだ、安物で」

オシャレで可愛い服の方が引き裂かれた時に昂奮するのにと思ったが、口にするのはやめた。真里亜好みのオシャレな服を選ぶセンスが源次にあるとはとても思えなかったからだ。

源次は鋏《はさみ》を取り出して、買ってきた服に小さく切れ込みを入れていく。

「なんでそんなこと、するんですか？」

「うまく引き裂けなくてもたもたしてたら、シラけるだろ？　だから裂けやすいように、こうしておくんだ」

「はあ」

「まあ、今日買ってきた服はどれも、以前に俺が試してみたものばかりだから大丈夫だと思うがな。念のためだ。俺が切れ込みを入れた場所をしっかり覚えておくんだぞ」

「はい、分かりました」

源次はしばらくじっと、彰太の顔を見つめていた。そして、やはり彰太に頼り無さを感じ

たのだろう、

「一応、切れ込みの上に印を入れておいてやるよ」

そう言いながら、生地の上に赤いマジックで印を付けていった。

真里亜はますます憂鬱《ゆううつ》になってくる。デザインがダサい上に、レイプ・プレイ用の印の入っている服など着せられたくない。こんなものを着る位なら、いっそ最初から裸にしてほしい。

源次の作業が終わって、服を着替えさせられる。いったん素っ裸になって、下着から何から、すべて源次の用意したものに着替える。鏡に自分の姿を写してみると、案の定、まるで近所のおばさんのように垢抜けない姿になっていた。

真里亜は泣きたくなる。これから始まるレイプ・プレイより、こんな格好をさせられているることの方がよほどつらい責めだった。

天井からぶら下がっている手枷に両手を繋がれる。床に埋め込まれている足枷に両足を繋がれる。真里亜は大の字になって、身動きできなくなる。

その真里亜の目の前に、源次と彰太が立った。

源次は何やら、彰太の耳元で囁く。彰太は頷き、そっと真里亜のそばに近付いてくる。

真里亜の体が強張《こわば》る。これはプレイだと分かっていても、身動き取れない状態で、次に何をされるか分からないのは緊張する。

彰太は、真里亜の首筋に唇を這わせる。

「うっ！」

真里亜は呻き声を上げる。首筋は、真里亜の弱い場所の一つだった。

彰太の唇はだんだん上に迫り上がってきて、やがて真里亜の耳を塞いだ。

真里亜の腰が、ぴくっと引ける。耳も、真里亜が特に感じる場所だった。

彰太は真里亜の耳の穴に熱い息を吹きかけながら、舌を這わせていく。真里亜の体が、次第にくねくねと踊り始める。まぶたを自然に閉じて、唇をちろちろと舐め始める。たまに目を開くと、とろんとした瞳で甘えたように彰太を見つめる。

真里亜の耳を塞いでいる彰太の耳元に、源次の唇が近付く。そしてなにやら、小声で囁く。

おそらく、源次に指示されたのだろう、彰太は真里亜の耳にこう囁きかけた。

「犯してやるぜ、真里亜」

「あっ！」

突然ならず者のような口の利き方をする彰太に、真里亜の腰がまた、ぴくんと引ける。膣の中がジュンと熱くなり、割り裂かれた股間から愛液が滲んでくる。

彰太の口が動く。

「助けてもらおうと思っても無駄だぜ。ここは野中の一軒家だ。近くを通る人なんて誰もいない。お前がいくら泣こうが喚こうが、助けに来てくれる人なんて誰も居ないんだ」

「ああ、いや。駄目え」

彰太の口が動く。

「嘘だと思うなら、ためしに大声を出してみな」

「あぁっ」

真里亜の体がくねくねと動く。真里亜は既に、自分の妄想の世界に入り込んでいた。慣れ親しんでいる彰太の声が、本当のレイプ犯の声のように思えてくる。

感覚が研ぎ澄まされてきたせいだろう。最初は聞こえなかった源次の囁きまで、真里亜の耳は捉えるようになっていた。

真里亜に対するいたぶりの言葉が、ダブって聞こえてくる。その異常さが、真里亜の気持ちをさらに高ぶらせていく。

それはまるで、遠隔操作で源次に嬲られているような、不思議な感覚だった。

「これからお前はこの場所で、一糸纏わぬ素っ裸に剝かれるんだ」

「これからお前はこの場所で、一糸纏わぬ素っ裸に剝かれるんだ」

「お○んこも、ケツの穴も、全部丸見えの恥ずかしい姿にされるんだ」

「お〇んこも、お尻の穴も、全部丸見えの恥ずかしい姿にされるんだ」

「もう、生きていくのが嫌になるくらい、惨めな姿にさせてやるぜ」

「もう、生きていくのが嫌になるくらい、惨めな姿にさせてやるぜ」

「だ、駄目え！　い、嫌あ！」

真里亜のあたまは、もう何が何だか分からなくなってしまっている。膣の中は、燃えるように熱を持っている。溢れ出した愛液は太腿を伝って膝の近くまで垂れてきていた。乳首も腫れ上がり、今にも弾けてしまいそうだ。

（も、もう焦らさないで）

込み上げてくる欲情に、真里亜の心は押し流されそうになっていた。もし今両手両足の拘束を解かれたならば、真里亜はすぐにでも床に転がり、彰太を誘うように両脚を開くだろう。

「お前は今日から、俺に奉仕するだけの惨めなメス犬になるんだ」

「お前は今日から、俺に奉仕するだけの惨めなメス犬になるんだ」

「メス犬に、こんな服なんざ、要らねえよなあ」

「メス犬に、こんな服なんざ、要らねえよなあ」

源次の声が、一際低く、一際鋭く響く。

「やれ！」

彰太は真里亜のブラウスの衿元を、柔道でもするようにグッと掴んだ。そして思い切り、左右に引いた。

鋭い音を立てて、ブラウスの生地が裂ける。ボタンが一つ残らず千切れ落ち、部屋中に飛び散る。

「い、いやぁぁっ！」

真里亜は絶叫して身悶えする。だが、大の字に固定された体はいくらも動かせない。

ピイッ！　ピイッ！

甲高《かんだか》い音を立てながら、真里亜のブラウスが裂かれていく。まるで暖簾《のれん》か簾《すだれ》のように、ブラウスの生地がボロボロになっていく。

生地が裂かれるたびに真里亜は悲鳴を上げ、体を震わせ、腰をくねらせる。生地が裂かれるのと一緒に、真里亜の心も引き裂かれていくようだ。

彰太の手が、真里亜の下半身に移る。パンストの網目を乱暴に掴んだ彰太は、これも思い切り、左右に引いた。

「あはあっ！」

パンストが引き裂かれる。プチプチと千切れた伸縮性のある繊維が、真里亜の脚に細かく当たる。一旦できたパンストの裂け目は、自分で勝手に大きくなりながら広がっていく。

ピイッ！　ピイッ！

彰太の手は、真里亜のパンストを容赦無く引き千切っていく。真里亜の脚に纏わり付いてくるパンストの残骸は、既に穴だらけだ。

糸のようになって真里亜の脚に絡み付いている繊維の束を、彰太が力任せに引き千切る。切れた繊維が縮んで、真里亜の脚を鋭く打つ。

「あああっ！　だ、駄目。もう、やめてぇ」

いつしか真里亜の目からは、大粒の涙がこぼれ出していた。唇が震えて、歯がカチカチと鳴っている。膝が震えて、普通に立っていることができない。腰骨がガクガク痙攣して、まるで自分のものでなくなってしまったようだ。

真里亜は既に、完全なパニック状態になっていた。自分がなぜ今ここでこうしているのか、なぜ彰太にこんな酷いことをされているのか、それさえ分からなくなってしまっていた。

真里亜ははっと身を縮める。彰太は手に鋏を持っていて、今まさに、真里亜のブラジャーの肩紐を切ろうとしているところだった。

真里亜の頭が横に揺れる。

「駄目。もう許して」

だが、真里亜の声は小さく掠れて、彰太の耳に届かなかった。

右の肩紐が、プツンと切れる。真里亜は、ああっ、と声を上げて悶える。続いて左の肩紐が切れる。真里亜はまた、ああっ、と声を上げる。

そして、カップとカップを繋ぐ前紐に鋏が掛かる。真里亜は今にも気を失ってしまいそうな様子で、鋏の刃先を見詰めながら小さい喘ぎ声を上げている。

厚く丈夫に編み込んでいる前紐は、中々切れない。その悪戦苦闘している時間が、真里亜にとって焦らしになっている。

「あああっ！」

とうとう前紐が切断され、ブラジャーが下に落ちる。真里亜は身を屈めて座り込もうとする。両手を胸の前で合わせて、乳房を隠そうとする。反射的に両脚を閉じて、股間を守ろうとする。

だが、大の字に固定された状態で、実際にはちょっと体が揺れた程度の動きにしかならない。

彰太は屈み込み、無残に破れて糸のようになっているパンストの残骸に鋏を入れた。プツン、プツンと音を立てて、真里亜の下半身からナイロン繊維が剝がれ落ちていく。

続いて彰太は、上半身に纏わり付いている簾のようになったブラウスやキャミソールを切り落とす。

ジョキッ！　ジョキッ！

鋏の音が、生地を切り刻んでいく。まるで真里亜の体の薄皮を剝いでいくように、生地の残骸が床に落ちていく。

衣服を切り刻まれていく感覚を、真里亜は初めて経験した。それは女にとってあまりに屈辱的な、そしてあまりにも淫らな感覚だった。

真里亜は、その感覚に酔った。まったく愛撫を受けていないにも拘わらず、真里亜の意識はすでに混濁している。体が燃え、膣の中が熱く煮え立っていた。

「お、お願い。犯して。犯して下さい」

口が勝手に哀願していた。体の中から湧き上がってくる渇きの感覚が、真里亜の心を逆撫でにしていく。もう、一時でも待てなかった。今すぐ、陵辱して欲しかった。

気が付くと、真里亜はパンティ一枚の裸に剝かれていた。最後の一枚の布切れを切り刻まれた時、真里亜はもう、身を隠すものが何も無い素っ裸になってしまう。

そして、犯される。

「ああ、ああ」

真里亜の切ない喘ぎ声が、部屋の中に響く。止めようとしても声を止められない。

真里亜は、全身にじっとりと汗を搔きながら、最後の瞬間を待っていた。

彰太が再び、屈み込む。真里亜のパンティの股刳りの部分を、指先で抓む。

真里亜の膣が、きゅっと窄まる。愛液がまだ、じわっと洩れ出す。

「駄目、見ないで」

内股を伝って滴《したた》り落ちていく愛液を、すぐ目の前に顔を持ってきている彰太に見られている。そう思うだけで、真里亜はまた、気が遠くなっていきそうになる。

「見ないでじゃない。見ないで下さい、だろう」

突然、耳元で囁かれた。源次だった。

「ああっ！」

不意を衝かれて、真里亜の体がまたカッと燃える。

「み、見ないで、下さい」

「彰太、真里亜がこう言っているんだが、どうする？」

足元から、笑いを含んだ彰太の声が聞こえてくる。

「もう遅いですよ。しっかり見ちゃいました」

下から彰太が言葉を返す。その顔付きは、もう一端《いっぱし》の悪魔になっていた。

「あああっ！」

真里亜はまたさらに欲情する。もう、何が何だか分からなくなってしまう。

股間の辺りで、鋏の音が響く。真里亜はまた、ああっ、と呻き声を上げ、身を震わせた。だが、彰太はパンティを切り落とさなかった。ただ、股刳りのところに丸い穴を開けただけだった。

そして彰太は、そこから指を突っ込んできた。

「い、嫌あぁっ！」

一枚、パンティだけを残されて、それをちゃんと穿いているのに指を突っ込まれている。この奇妙な感覚に、真里亜の頭はますますおかしくなっていく。

「お、犯して下さい」

真里亜は、彰太の目を見詰めながら、また、呟いた。彰太は、この男がこんな顔をするのかと驚くような冷ややかな目で、真里亜を見返してくる。

「お、お願い。犯して」

彰太は、自分のズボンのジッパーを下ろし、中からペニスを引き出した。ペニスは、既に硬く屹立していた。

ポケットからコンドームを取り出すと、少し歯を立てて袋を裂いた。袋だけがポトリと床に落ちる。彰太は片手だけで、器用にそれをペニスに装着させる。

真里亜はそれを、焦点の定まらぬ目で見詰めている。

真里亜の腰が、無意識に動く。

彰太は真里亜の背後に回り込む。視界から、彰太が消える。

それがまた、真里亜の心を不安にさせた。そして、それがまた、真里亜の心を妖しく燃え立たせた。

「尻を後ろに突き出せ」

真里亜は彰太の言葉に従う。腰をぐっと後ろに突き出し、反対に上半身を思い切り前に突き出す。

彰太の手が、真里亜のお尻を両側から挟む。真里亜の膣が、きゅっと窄まる。

彰太のそれが、真里亜の中にぐぐぐっと入ってくる。

「嫌あああぁっ！」

真里亜は絶叫した。構わず彰太は、どん、どん、どん、と腰を突いてくる。それを迎えにいくように、真里亜の腰も小さく踊る。

今、真里亜は以前に住んでいた部屋の中に居る。英俊が連れてきた不良たちの一人が、バックから真里亜の腰を突く。残りの不良は、真里亜の痴態を嘲《あざけ》り、笑う。そんな屈辱の中で、真里亜の体は明らかに熱くなっていた。

今、真里亜は深夜のエレベーターの中に居る。突然飛び込んできた中年男が、有無を言わさず真里亜の下半身を裸に剝き、無理矢理ペニスを突っ込んできた。いつエレベーターのドアが開くか気が気でない真里亜だが、そのスリルがまた、彼女の気持ちを熱く滾《たぎ》らせていくのだった。

今、真里亜は公園の公衆便所の個室の中に居る。突然襲いかかってきた男にここに連れ込まれ、後ろから無理矢理ペニスを突っ込まれた。助けを呼ぼうとするが、声が出ない。こんな恥ずかしい姿を誰かに見られるのかと思うと、恥ずかしくて声が出せない。やがて男の腰の動きに真里亜も反応していき、自分から腰を動かし始めてしまう。

真里亜は白昼夢の中で、色々な男に何度も犯される。その妄想は絶頂の瞬間の意識の白濁によって中断され、そして意識が戻ってくると、真里亜はまた、別の場所で別の男に犯されているのだ。

「ああっ！　あああああっ！　い、いやあっ！　いやあぁぁっ！」

何度目かの絶頂の後、真里亜は一際大きな悲鳴を上げ、そして気を失った。真里亜の体重が両腕の鎖にぶら下がる。気を失った後も、真里亜の体はぴくっ、ぴくっと痙攣し続けていた。

狭い部屋の中に、沈黙が戻ってくる。全身びっしょりと汗を掻いた真里亜は、ぐったりとして両手の拘束にぶら下がっている。背後に立って見ていた源次は、満足そうな笑みを浮かべている。

「やるじゃねえか、彰太。その調子だぜ」

初めて聞いた源次の賛辞に、元の小心な若者に戻った彰太は、どんな顔をすればよいのか分からない様子で小さくペコリと頭を下げた。

「この調子で、明日からも頼むぜ。今日はこれで終わりだ。真里亜を休ませてやりな」

彰太と二人で真里亜の拘束を解き、ベッドに寝かせると、源次はそのまま出て行った。彰太は真里亜の体に布団を掛けてやり、自分も横に潜り込んでいった。

真里亜が、目を覚ます。まだ意識が朦朧として、目の焦点も定まらぬまま、真里亜は彰太に抱き付いてきた。

キスをする。キスをしたまま、両手で彰太を抱き締める。両脚で彰太の体を挟む。できるだけ彰太の体との接触を増やそうと、真里亜はしきりに身悶えした。

鮫島が入ると、店内はもう人で溢れていた。かなり広い店内の照明は暗く、人の顔もはっきりとは分からない。ホステスが客の煙草の火を点けるライターの明かりが、蛍のようにポッと光った。

鮫島の近くに寄ってきたホステスは、もう若くもないし、それほど美人でもない。

だがそれは、むしろこの店が高級店である証《あか》しだった。

政財界の人間が多く出入りするクラブでは、見てくれよりも教養が重視される。客同士で交わされる政治、経済の話にもちゃんと話が合わせられるかどうかで、ホステスの格が決まってくるのである。他の女の子同様、このホステスも大手の新聞全紙を購読し、毎朝その全てに目を通し、ニュース番組で最新の事件をチェックした上で出勤してきているはずだ。

そうでなければ、この店では勤まらない。

「いらっしゃい。音羽さん、もういらしてるわよ」

「そうか」

思わず鮫島の顔が苦くなる。それは、見ているホステスが思わず噴き出しそうになるほど子どもっぽい表情だった。

「さあさあ、そんな顔しないで、さっさと叱られてらっしゃいな」

このホステスも、鮫島が音羽権蔵を煙たく思っていることを知っている。だからわざとそんな言い方をして、鮫島の背中を押してやった。鮫島はしぶしぶ、歩き始めた。

音羽権蔵は、銀星会の最古参の侠客である。現会長がまだチンピラだった頃からそのそばに付き従い、生死を共にしてきた戦友だった。

当時一緒だった仲間は抗争中に撃ち殺されたり、寿命が尽きて死んでいったりして、もう生き残っているのは会長本人と権蔵の二人だけになってしまった。

鮫島がこの世界に入ってきた頃、権蔵は銀星会の大幹部だった。頭角を現してきた鮫島が若頭に抜擢された時、それを承認したのも、権蔵たちだった。

だから鮫島は、権蔵に頭が上がらない。

本当は、権蔵に対して、鮫島はそんなに恩を受けている訳ではない。

確かに権蔵が大幹部だった時代に、鮫島は若頭に承認された。だが、権蔵自身は鮫島を若頭にすることに反対していたのだ。他のメンバーの間で鮫島承認の意見が大勢を占めていたので、権蔵もそれを認めざるをえなかったのだ。

事情はどうあれ、義理人情が最優先される世界である。権蔵がこの世界の大先輩であり、しかも鮫島を承認した当時の大幹部の一人であるからには、鮫島は一生、この男に礼を尽くしていかなければならない。

時代は移り変わり、権蔵は既に第一線を退いている。闘争だけで伸し上がってきた権蔵のような侠客は、近代化された今のやくざの世界では生きた化石のようなものだ。

政治ができる訳でもない、法律の網を潜《くぐ》り抜けるような高度なシノギができる訳でもない権蔵の組は、資金面でしだいに行き詰まっていった。組員も減っていき、残ったのは、昔から権蔵に随いてきてくれている古顔ばかりになっていた。

いまや音羽組は、末端の弱小勢力と変わらないくらいの小さな組になってしまっている。それでも銀星会のご意見番として、今も発言力だけは強い。

鮫島は、名実ともに今、銀星会のナンバー1である。もし鮫島組からの上納金が途絶えれば、銀星会は経営的に大きな打撃を被るはずである。また、なにか事ある時、鮫島の判断は迅速にして的確で、会長が既にかなりの高齢に達している今、銀星会を動かしているのは実質的に鮫島なのであった。当然、鮫島は、次期会長の最有力候補である。

だが、任侠の世界で仁義は最優先である。権蔵に恩義を受けている鮫島が権蔵をないがしろにすることは許されないのだ。

権蔵の居るボックスまで行ってみると、権蔵は両脇にホステスを侍《はべ》らせ、昔から好物だったブランディを舐めていた。

鮫島は権蔵のそばに近づくと、まるで駆け出しの下っ端のように深々と頭を下げる。

「叔父貴、お久しぶりです」

「おう、鮫島か。よく来た。まあ、座れ」

権蔵は顎で前の席を示す。鮫島は思わず苦笑する。

今の権蔵の組の甲斐性で、この店の支払いは難しい。だから権蔵も、一人で此処に飲みに来ることは無い。鮫島やそれに準ずる現在の大幹部連中と同席する時にだけ、この店を利用する。

当然、今日の払いも鮫島がするのだ。なのに権蔵は、まるで自分が鮫島に奢ってやるような尊大な態度を取っている。鮫島は煮え繰り返る思いをグッと飲み込みながら、権蔵の前に座る。

権蔵はホステスたちに、鮫島のグラスにブランディを注いでやるように言いつける。

「元気でやっているのか？」

「はあ。お陰さまで」

「そうか。それは何よりだ」

権蔵は、自分のグラスのブランディをチビリと舐める。二人の間に、気まずい沈黙が流れる。

「お前、北村真里亜という女の世話をしてやっているらしいな」

突然、思いがけない名前が飛び出してきて、鮫島は驚く。

だが、すぐにその事情を納得する。あの捨てられ男が、音羽組に泣きついていったのだ。

腐っても鯛である。鮫島が真里亜を匿《かくま》ってやっていることが、この老人の情報網のどこかに引っ掛かったのだ。老人は鮫島に、女の引き渡しを要求するつもりでいるらしい。

だが、鮫島にも面子《メンツ》がある。いくら恩ある人物から要請されたからと言って、一度助けてやると約束した女を、はい、そうですかと渡す訳にはいかない。

「どうなんだ？」

「北村、真里亜……」

鮫島は、考え込むような振りをして見せた。

「叔父貴、申し訳ない。俺には思い当たる節が無いんですがね」

「ほう」

権蔵の目がすっと細くなる。数々の修羅場を潜り抜けてきた男の目である。どうかした時の殺気走った目付きには、人の背筋を凍らせる迫力がある。

もっとも鮫島も、潜り抜けてきた修羅場の数では負けていない。普通の人間ならば腰を抜かしてしまいそうな権蔵の視線を受け止めて、平然としている。

「お前のやっている秘密倶楽部に、その女が出入りしているのを見たと言う者が居るんだがな」

「何かの間違いじゃないですか。あの店の女は俺も全員見知っているが、そんな名前の女は居ませんぜ」

「偽名を使っている可能性もある」

権蔵はポケットから写真を一枚取り出すと、鮫島の目の前にポンと投げた。

それは確かに、真里亜の写真だった。鮫島はそれを手に取ると、じっと眺めた。

「いや、やはりうちの店には居ませんなあ」

「間違い無いか」

「ええ、間違い無く」

そして二人は、見詰め合った。気まずい沈黙が流れる。二人の間に、見えない火花が散る。

「そうか。居ないか」

「お力になれず、申し訳無い」

「いや、構わん。お前の言う通り、こちらの勘違いだったのだろう」

そして権蔵は、自らボトルを取り上げると、鮫島のグラスに酒を注いだ。

「今の話は忘れてくれ。今夜は楽しくやろう」

「はい。それじゃあ、いただきます」

権蔵は納得した訳ではない。鮫島も、そのことは重々承知している。相変わらず激しい火花を散らしながら、表面上だけは和気あいあいとした酒宴が始まる。

鮫島と権蔵は、目だけが笑っていない笑顔で、お互いに微笑み合った。

店に戻った鮫島は、さっそく源次に事の顚末を告げる。源次の後ろには、不安そうな真里亜と彰太が立っていた。

鮫島の顔も源次の顔も、苦悩に満ちている。

なにしろ、相手が悪すぎる。会長の兄弟分であり、鮫島にとっても恩人に当たる音羽権蔵が後ろ盾に付いたのでは、下手に手出しはできない。

「とにかく」

不安げに鮫島と源次の様子を窺っている二人に目を向けながら、源次は言った。

「当分、店から出ないことだ。後のことはそれから考えるしかない」

「そうだな。悪いが二人とも、当分外出禁止だ」

「私、出て行きます」

男たち三人の目が真里亜に集まる。

「英俊の狙いは私一人なんです。私が戻れば、すべて丸く収まります」

「駄目だ！　そんなこと！」

彰太はそう叫ぶと、真里亜の肩を摑んだ。

「もし今、あの男の所に戻ったら、一体何をされるか分からないよ！」

「大丈夫よ。……今までだって、散々な目に遭わされてきたんだから。今さら何をされても、どうってこと、ないのよ」

「でも、でも、今度は本当に殺されるかもしれないよ」

真里亜の背中に冷たいものが走る。そうだ、今度こそ私は殺されるかもしれない。

男をつくって、英俊から逃げた。今まで英俊の方が浮気をしたことは何度もあったが、真里亜が英俊以外の男に心惹かれたことは一度も無い。英俊は妄想の中で何度も真里亜に嫉妬して、そして真里亜を折檻したが、現実に真里亜が英俊を裏切ったことはただ一度、焼け糞になって英俊の友達に体を許してしまった事を除けば、二度と無かった。

だが今回、真里亜は彰太を選んだ。二人一緒に居るところを英俊にも目撃されている。襲いかかろうとする英俊の前に飛び出していって、身を挺《てい》して彰太を守ろうとしたし、悪いことに英俊は鮫島に懲らしめられ、二人の目の前で無様な醜態をさらした。今、英俊がどれほどの屈辱を感じているのか、想像するに余りある。

その英俊が、再び真里亜を捕える。英俊は真里亜を殺すだろうか。

殺すかも知れない。いや、きっと殺すだろう。考えていくうちに、真里亜の不安は、ほとんど確信に近いものになっていった。

真里亜の体が、ブルブルッと震える。

（なぜ、こんなに恐いのだろう）

物心付いた頃から、死は真里亜の憧れだった。いつも心の奥底に、死にたいという思いがあった。だから、たとえば目の前を車が通り過ぎて危うく轢かれそうになった時も、恐いと思ったことは一度も無い。

今、真里亜は死にたくないと思っている。こんな感情は、今まで一度も経験したことが無い。人がそう口にするのを聞いて、そういう感情があることを頭では理解していたけれども、その感情を理解することはできずにいた。

それが今、真里亜自身が死にたくないと本気で思っている。そのことに、真里亜は戸惑っていた。

「真里亜が出て行くのなら、僕も出て行く」

「駄目よ！」

真里亜の心に、さらなる恐怖の感情が湧き起こってきた。

「もしあなたが一緒に居たら、英俊はあなたを殺すわ！　私を殺すよりも、目の前であなたを殺して、愛する人を失って悲しむ私を見てあざ笑うの。そういう男なのよ、あいつは！」

「君が助かるのなら、僕はそれでも構わない」

「駄目よ！　そんなの駄目！」

真里亜の目から、涙がぼろぼろ流れ出す。

死ぬのが恐いという感情には慣れていない。だが、愛するものに去られる恐怖は、いつも味わってきた。そんな寂しさを感じるくらいなら、最初から誰にも愛されたくないとさえ思った。それなのに真里亜が心を許した人は、いつも真里亜の許《もと》を去ってゆく。

そして真里亜の思考は、いつもの場所に戻っていく。

あの苦しみをまた味わわなければならないのなら、そうなる前に死んでしまいたい。

「お願いだから、彰太はここに居て。それが一番良いことなの」

「いやだ！　真里亜一人を危険な目になど遭わせられない！」

「駄目！　絶対に来ないで！」

「いやだ！　絶対に随いて行く！」

「ああっ」

とうとう真里亜は泣き崩れてしまった。その場に蹲り、肩を震わせ、そして恨みがましい目で彰太を睨みつける。

「意地悪。彰太の意地悪。どうして分かってくれないの？　どうしてそんなに、私のことをいじめるの？」

「サディストだからだよ」

もうこれ以上付き合いきれないという様子で、源次が茶々を入れる。鮫島も、呆れ顔で二人のことを見ている。

「もう済んだかな。あんまり芝居が臭いんで、もううんざりだぜ」

「オーナー」

「真里亜一人で出て行くことも許さねえ。二人で出て行くことも許さねえ。俺が良いと言うまで、この店に隠れているんだ。良いな」

鮫島の言葉に、真里亜が反論しようとする。

「でも、オーナー！」

「若頭に代わって俺が言わせてもらうが、問題はもう、お前たちの手を離れているんだ」

源次の言葉を、鮫島が継ぐ。

「一度助けると約束をした人間をちょっと横槍が入ったくらいで放り出したという評判が立てば、任侠の世界で生きていけなくなる」

「音羽組が狙っているのはそういうことだ。だから、今ここを出て行かれると、逆に若頭に迷惑を掛けることになる。分かるな？」

「ごめんなさい」

真里亜は涙を拭いながら、鮫島に謝った。

「私が居たばかりに、とんでもないことになってしまって」

「そうだなあ。今となったら、あの時、余計なお節介などしなければ良かったよなあ。……

でも、俺たちはもう、こういう形で関わってしまったんだ」

鮫島の目が、ギョロリと光る。

「一度関わったからには、とことん付き合ってもらう。良いな」

鮫島の迫力に押される形で、真里亜と彰太はこくりと頭を縦に振る。

「もう一度だけ、言う。俺が良いと言うまで、二人ともここに隠れているんだ。勝手に出歩くことは許さねえ。良いな！　分かったな！」

もう一度、二人の頭が縦に揺れた。


音羽組の事務所では、音羽権蔵と英俊が膝を突き合わせている。権蔵の後ろにはボディ・ガードの組員が、英俊の後ろには四人の不良仲間が居る。

「女は、間違いなく鮫島の店に居る」

「やった。ありがとうございます」

「礼を言うのはまだ早い。鮫島め、俺が問い詰めても、知らぬふりをしやがった。あいつめ、どうしても女を庇い立てする気だ」

「でも、場所は分かっているんですよね。だったら店に押し入って……」

「一応、儂《わし》と鮫島は銀星会の仲間だ。鮫島の客人を、儂が襲う訳にはいかない」

英俊は、露骨に顔を顰めた。

「なんだよ。面倒臭いな」

「若いの、お前が自分で取り戻してくるんだ」

「え？　俺が自分で行くんですか？」

英俊の顔がさあっと蒼くなる。

「お前が直接やるなら、なんのしがらみも無い。それでもし、お前が鮫島のところの若い者にやられそうになったら、今度はお前らがうちの客分だ。そのときはちゃんと助けてやるから安心しろ」

「……本当に、大丈夫なんですか？」

不安そうにそう口にする英俊を、権蔵がギロッと睨む。

「儂が信用できないのならやめておけ」

「あっ、いや、そういう訳じゃ」

権蔵は、一枚の地図を英俊の目の前に置く。

「これがその店の場所だ。店のすぐ前のマンションを一室借りてある。ここだ。お前ら、当分そこで寝泊まりしろ」

「はあ」

「交代で店を見張れ。女が店から外に出てきたら、襲い掛かってさらっていくんだ。いいな」

「はあ」

「だが、もしかしたら、出てこないかもしれない。もう、お前たちに所在を知られているんだ。難を避けるために、店に籠もってしまうかもしれない」

「はあ」

「二週間待って出てこなかったら、その時は、客でも女の子でも誰でもいい。店に出入りする人間を、片っ端から襲ってしまえ」

英俊はまた、顔面蒼白になる。

「そんなことして、本当に大丈夫なんですか？」

「儂が守ってやると言っているだろう。大船に乗ったつもりで、儂の言う通りにするんだ」

そう言うと、権蔵は葉巻を取り出して火を点けた。英俊は、相変わらず不安そうな顔をして権蔵を見ている。

権蔵は、先ず真里亜を狙って、真里亜が出てこなかったら店に出入りする人間を攻撃しろと言った。だが、この状況で、鮫島が無防備に真里亜を一人歩きさせることなど考えられない。先ず間違い無く、英俊は店の人間を襲撃する羽目になる。二週間というのは、英俊たちに覚悟を決めさせるための時間だ。

当然、鮫島は店を守るために英俊を捕まえようとする。それを、音羽組の組員が阻止する。鮫島組と、音羽組との戦争になる。

同じ銀星組の者同士が争うことは禁じられている。権蔵は銀星会を破門になるだろう。だが、一緒に生死をともにしてきた仲間は会長を除いて全員居なくなって、嘴《くちばし》の黄色い若造に牛耳られている今の銀星会に未練は無い。破門にされることに、何の恐怖も感じない。

だが、ただでは消えない。喧嘩両成敗が銀星会の不文律である。権蔵が破門になるなら、喧嘩相手の鮫島も破門のはずである。権蔵は、最後に若頭鮫島を道連れにしていくつもりなのだった。

今は弱小の組の組長に過ぎない権蔵と、百人近い兵隊を抱えた若頭の鮫島と、失うものが違うのである。

権蔵から見て、鮫島の言動は目に余るものがあった。表面的には立ててみせながら、その実、権蔵を歯牙《しが》にも掛けていないことが、折々感じられた。

(鮫島、老兵を侮ると、痛い目に遭うぞ。そのことを、今回思い知らせてやる)

権蔵は、周りの人間に気付かれないように、葉巻の吸い口をぐっと嚙み締めた。

九

娘の名前はリサと言う。もちろん、本名ではない。鮫島の秘密倶楽部に勤め始めてから使っている名前である。

店に入ってから、まだ三ヶ月しか経っていない。源次の仕込みの期間を除くと、正味働いている期間は二ヶ月ちょっとである。だが、初々《ういうい》しさが受けたのか、指名客はそこそこ多い。

そのリサが、店から出てくる。今日は遅出だったので、外はもうとっぷりと暮れている。電車通勤のリサは、駅の方向に向かって歩いていく。

向かいのマンションから、何人かの人影が現れてくる。

繁華街から少し離れた場所にある通りは、この時間になると人影はほとんど居なくなる。女性には物騒な場所だが、少し歩くと広い通りに出るので、リサは毎日、一人でこの道を通っている。

後ろの人影も、そのことを知っている。人通りの多い通りに出られる前に勝負を付けようと、小走りでリサを追いかける。

その靴音に気付いたリサが、振り返る。その瞬間、何か警棒のような硬いものが、リサの頭を直撃した。

「痛いっ！」

頭を庇って、リサが蹲る。そこを男たちは取り囲み、殴る蹴るの暴行を始めた。

人数は、五人である。みなそれぞれに、警棒のような武器を持っていた。その武器を使って、頭と言わず、背中と言わず、とにかく、リサの全身を殴りつける。

「痛あいっ！　痛あいっ！　やめてぇっ！」

男の一人が、リサの髪を鷲摑みにしてぐっと引き起こす。

英俊だった。

「おいっ！　怨《うら》むならな、真里亜を怨むんだな！」

「誰よ！　真里亜って！」

リサが訊く。真里亜はプリンの源氏名で通しているので、リサは真里亜の本名を知らない。

「最近入ってきた、ミンクって女だよ！」

「知らない！　そんな娘、知らない！」

話が通じないことに苛立つ英俊は、さらに力いっぱい、警棒を振り下ろした。二の腕の辺りで鈍い音がして、リサの腕が、本来曲がらないはずの場所で捻じ曲がった。リサは一際高く、声を上げた。

「ぎゃあああっ！　痛いっ！　痛あいっ！」

「お前のところのオーナーに聞いてみろ！　答えてくれるよ！　聞いてるのか、おい！　聞いてるのかって言ってるんだよ！」

「いややあっ！　誰か、助けてぇっ！」

その時、不良仲間の一人が英俊をつついた。

「おい、やばい。来たぞ」

見ると、鮫島の秘密倶楽部から男たちが飛び出してくる。リサの異変に気付き、組の者たちが助けに来たのだ。

「逃げるぞ」

英俊の言葉に、不良たちは一斉に駆け出した。

「真里亜だ！　この名前を忘れるな！」

最後に、英俊は捨て台詞《ぜりふ》を吐いた。そうすることで、真里亜を店に居づらくさせて、やめざるをえなくなることを期待しているのだ。

「おい、しっかりしろ！」

一人の組員が、リサに駆け寄る。全身血だらけで、その上腕の骨まで折られて泣き叫んでいるリサに、その組員は呆然としている。

「あの三下を追え！　生かして帰すな！」

最も年長と思われた一人が叫ぶ。組員たちは、一斉に駆け出した。

英俊たちは裏路地を通って大通りとは逆の方向に駆けていく。細い路地をすり抜けるようにして逃げていく。

鮫島の手下たちが後を追う。地の利に詳しいだけ彼らの方が有利なようで、英俊たちとの距離は次第に縮まっていく。

路地を抜け出して、少し広い通りに出たところで、英俊たちは立ち止まった。目の前に急に車が飛び出してきて、そして急ブレーキを掛けて止まったのである。

車の中から出てきたのは、鮫島と源次だった。事件を知って飛び出してきた二人は、車に飛び乗り、英俊たちが飛び出してきそうな場所に先回りしてきていたのである。不良五人組は、呆然として立ち尽くしている。

「兄ちゃんたち、舐めたまねしてくれるじゃねえか」

鮫島は、ドスを利かせた声で凄んでみせた。五人組は、ますます震え上がる。

「こんなことをして、ただで済むとは思っちゃいないよな。え？」

その時、強烈な光が彼らを包んだ。別の車のアッパーライトに照らされて、目が眩《くら》む。

光の向こうから、何人かの人影が歩み寄ってくる。

「おう、鮫島。ひょんなところで会うな」

「……叔父貴？」

権蔵とボディ・ガードだった。

「うちの客人に何か用か？」

鮫島と源次は、思わず顔を見合わせる。

英俊たちは、ただ闇雲に逃げ回っていたのではなかった。この場所で権蔵が待ち受けている手筈になっていたのだ。鮫島たちに追いかけられても、ここまで逃げ延びれば助かると思って、この場所を目指していたのだ。

事実、恩人である権蔵に客人と言われれば、それ以上の手出しは出来ない。

見ると英俊たちは、さっきまでの怯《おび》えた表情は影を潜め、へらへらと笑っている。

「叔父貴。こいつらはうちの店の女の子を襲って大怪我をさせているんだ。俺に引き渡してもらえないか」

「お前たち、そんなことをしたのか？」

「とんでもない。俺たち、何もしていないよなあ」

「ああ、こいつらが、突然出てきて俺たちを追いかけ回したんだ」

「鮫島、何もしていないそうだ。連れて帰って良いな？」

鮫島は、キリリと歯を噛み締める。現にリサに暴行している現場を組の者が見ているのだが、権蔵にそう言われれば反論もできない。

「じゃ、またな。おい、さっさと車に乗るんだ」

言われて英俊たちは、権蔵たちの車に乗り込んでいく。最後にチラッと鮫島を見て、ウィンクをしていく。鮫島の表情が険しくなる。

派手なエンジン音をさせて車が走り去った後、鮫島たちは呆然と立ち尽くしている。

「組長、どうします？」

組員の一人が、途方に暮れた声を出す。その組員だけではない、鮫島自身も、今、途方に暮れていた。

英俊たちは、今後も鮫島の店の女の子を狙ってくるだろう。もしかすると、客に暴行を働くかもしれない。だが、権蔵がはっきりと客人と宣言したからには、彼らに手を出すことは音羽組に喧嘩を売ることだ。

銀星会を束ねる立場にある鮫島が、自ら会の内部に波風を立てる訳にはいかない。もしそれをするならば、破門されることを覚悟しなければならない。

関東で、銀星会を外れて組を存続させていくことなど不可能に近い。

だが、彼らの横暴を見過ごしていることもできない。このまま、店の従業員や客に暴行されるのを見過ごしていれば、従業員は居着かなくなるだろうし、客は離れていくだろう。鮫島は、大きな収入源を一つ失うことになるし、自分の店の人間も守れないとなると、任侠の世界で男を下げる。

一番安全な道は、真里亜を切り捨てることだ。彼らに真里亜を引き渡すことで、彼らの暴行は止むはずだ。

その場合、一番の問題は、鮫島自身のプライドだった。

携帯が鳴り始める。鮫島が出て、しばらく何やら話をしている。

携帯を切ると、鮫島は源次に、そして他の組員たちに電話の内容を話す。

「リサの手当てが終わった。腕の骨が折れていて、全身青あざだらけにされているそうだ。リサはパニック状態で泣き続けている。もう店を辞めたいと言っているそうだ」

組員たちは俯いてしまう。身内をそんな目に遭わされて、何もできないことが悔しいのだ。

「秋葉」

鮫島は、組員の一人の名前を呼ぶ。

「兵隊を何人か連れて、音羽組の事務所を見張れ。あのチンピラどもが出てきたら、踏ん捕まえて連れて来い」

「組長！」

「いいんですかい？　そんなことをして」

「木島、お前はうちの店を見張れ。もし奴らがまたうちの者に悪さしそうになったら、その前に半殺しにしてしまえ。いや、いっそぶっ殺しちまえ」

「組長！」

「本当に、そうしますぜ？」

「組長！」

「このまま舐められてたまるか。この界隈で鮫島にちょっかいを出した人間がどうなるか、思い知らせてやる」

「さすがは組長だ！」

「見てて下せえ、あいつら、生まれてきたことを後悔するくらいの目に遭わせてやる」

組員たちは、一気に元気を取り戻した。さっきの英俊たちの人を食った態度に対する怒りが、彼らを無鉄砲な抗争へと駆り立てていた。

それが、音羽権蔵の最初からの狙いであったことには、気付きもしないで。

いや、鮫島だけは、そのことに気付いていた。気付いていても、今の鮫島にはそうすることしかできなかった。

喜びに沸き立つ組員たちを眺めながら、鮫島の表情には悲壮感が漂っていた。

その時、それまで黙っていた源次が口を開いた。

「若頭」

「ん？　なんだ？」

「今回のこと、俺に預からせてくれやせんか」

「預かる？」

「鮫島組を潰さず、奴らに一泡吹かせてやる道が、一つだけあるんでさ」

その場の一同、一斉に黙り込んで、源次の方を見る。

「だが、失礼だが、それは若頭にはできないことでね。若頭、黙って、俺に預からせてもらえやせんか」

怪訝そうな顔付きの一同の視線を感じながら、源次はまっすぐに鮫島を見た。

十

銀星会系列組長に呼び出しがかかったのは、その数日後のことだった。

銀星会の勢力は関東一円に及んでいる。広域暴力団山中組傘下の組の中でも、山中組本体に次ぐナンバー2の巨大組織だった。銀星会に所属する組の数は、弱小のものまで含めると優に百を超える。

その組長を招集するというのはそれなりに大変な仕事である。年始の会などの決まり事は別として、こういう臨時の集まりというのはめったに開かれない。

それだけに、集められた組長たちはみな、いったい何があったのかと恐々《きょうきょう》としていた。

銀星会本部の大広間に、各組の組長が次々に現れてくる。縦長の大広間の左右に、襖《ふすま》を背にする形で組長が並んでいく。誰がどちらの列の何番目に並ぶかは慣例で決まっているのだろう、来た者から順にばらばらに座っていくのに、その並びに混乱は生じなかった。

両脇に並んだ組長は、銀星会の中でもそれなりに地位のある組の組長である。底辺の組の組長は、二つの列の組長たちに睨みを利かされている形で、その間に挟まって前を向いて座らされる。両側の二列には座布団が用意されているが、真ん中に挟まれた組長は畳の上に直《じか》に座らされていた。

座布団を敷いて欲しければ手柄を立てろということだ。こんなところにも、戦闘集団銀星会の経営術の妙が垣間見える。

音羽組の組長、音羽権蔵は左の列の一番上座に座っている。

権蔵は、会長を除けば銀星会草創期を知るただ一人の生き残りである。若い組長連中に睨みを利かすご意見番として、左の上座は権蔵の指定席だった。

右の上座には、鮫島が座った。若頭鮫島は、会長に何かあれば次期組長は鮫島だと言われている実力者である。兵隊の人数でも、上納金の額でも、銀星会に対する鮫島の貢献度は群を抜いている。何かことがあった時の相談相手としても、会長の鮫島に対する信頼は篤い。

言うならば、新旧の右腕が左右の上座に陣取っているのである。

しかも今、鮫島のクラブの問題で二人は微妙な関係にある。目には見えないが、相対する二人の間には火花が散っていた。

権蔵は英俊の凶行などまるで知らないという顔で澄ましている。鮫島は鮫島で、自分のシマ内で問題になることなど何も無いとでも言いたげにポーカーフェイスを決め込んでいる。

それでいて、お互いがお互いを見る視線に込められた憎悪の感情は、生半可なものではなかった。

他の組長連中は二人の間にそんな確執があるとは知らない。したがって、二人の間に流れる微妙な空気にも、誰も気付いてはいない。

鮫島の背後の襖がすっと開く。襖の向こうから、杖を突きながら、銀星会会長の小島佐平が現れる。

会長の体を横から支えている女が居る。地味だがいかにも高価な仕立てと思われるワンピースに身を包み、会長の横に慎ましやかに寄り添っている。

年はまだ若い。二十歳代半ばを過ぎたくらいだろう。だが、その立ち居振る舞いの落ち着いた様子はとても年相応のものではない。きりっと引き締まった眉は、物静かな中にも強い意志を秘めていることを窺わせる。

権蔵の顔に、露骨に不快の表情が浮かぶ。そして、意識的に女から視線を外した。

周りの組長連中は、明らかな権蔵の様子の変化にも知らぬ顔をしている。あの女性を権蔵が嫌い抜いていることは、一同周知の事実なのだった。

女は鮫島が貢ぎ物として贈った会長の愛人だった。他にも何人もの愛人が居たが、どこが気に入ったのか、会長はこの女にぞっこん惚れ込んでしまっていた。以来、どこに移動するにも、会長はこの女を連れ歩くようになった。

銀星会の組織の中で、女の存在は次第に大きいものになっていった。

それでも、会長夫人が健在だった頃はまだましだった。夫人は昨年の暮れ、脳卒中で倒れてしまった。幸い一命は取り留めたものの、左半身に後遺症が残った。血圧も高いままだし、以前から治療の必要な内臓疾患を幾つも抱えていたこともあり、夫人はそのまま長期入院することとなった。

銀星会の女帝と呼ばれた会長夫人の影響力が消えた。女は次代の女帝として、銀星会の中でますます力を付けてきている。

若い頃から権蔵を可愛がってくれていた会長夫人が表舞台から去り、鮫島の息の掛かった女が台頭してくる。それはまさに、銀星会の代替わりを決定的にする出来事だった。銀星会の中で、権蔵の居場所はますます無くなり、孤立を深めていった。

年が明けてから、権蔵は夫人の病室を見舞った。半身不随で表情も歪み、言葉も満足に話せなくなった夫人の様子に、権蔵は涙を流した。

だが会長は、糟糠《そうこう》の妻の見舞いにもほとんど顔を見せないと言う。組の運営で忙しいこともあるだろうが、夫人の睨みが利かなくなったことで、心置き無く若い女たちとの遊びに興じることができるようになったことを、むしろ喜んでいる節が見えた。

つまり、目の前の女に夢中になって、病床の妻のことを思い出す暇《いとま》も無いということだ。

権蔵は、目の前のこの女のことを、益々《ますます》嫌うようになっていった。

「今日はみんな、よく集まってくれた」

足腰が弱っている割には元気な張りのある声で、会長は話し始めた。

「今日集まってもらったのは外でもない。若頭の経営している店のことだ」

会長は、鮫島の方を顎で指し示した。鮫島は、会長がこのような話を始めることを予想していなかったのだろう、明らかに狼狽えた様子を見せた。

「最近、この店の女の子や客に、乱暴をはたらく不届き者が居るらしい。暴行を受けた女の子は怖がって店を辞めたがっているそうだし、このことが原因で、客足もめっきり減っていると言うことだ」

会長の話を聞いて、権蔵は噴き出しそうになった。そして、哀れむような目付きで鮫島を見た。

(情けねえ野郎だ)

鮫島は、自分のシマで起こった小さな揉め事を自分で解決することもできずに、会長に泣き付いていったのだ。大組織銀星会の若頭を務める人間として、それはあまりに情けない。

会長が出てきたことによって、権蔵は鮫島に折れるしかなくなるだろう。だが、今回の鮫島の情けない行動は、銀星会の中での鮫島の権威を失墜させるに十分なものだ。

もともと、権蔵が英俊らチンピラに肩入れしたのは、鮫島に喧嘩を売るための方便だった。会長の裁定で彼らがどうなったとしても、権蔵には痛くも痒《かゆ》くもない。深い痛手を負うのは、逆に鮫島の方だ。その意味では、この喧嘩、明らかに権蔵の勝ちである。

会長の次の言葉を聞くまで、権蔵はそう思っていた。

会長は、女の肩をぐっと抱き締めて、臆面も無く口付けをした。すっかり女の虜《とりこ》になってしまっている会長は、最近組員の前でも平気でこういうことをする。集まってきた組長たちにとっても、今ではそう珍しい出来事でもない。

そして会長は、改めて集まった組長連中を見回した。老いた瞼の下の瞳が、鋭く光る。

「その店を預かっているマダムは、この愛理紗の妹だ」

余裕を見せていた権蔵の顔に驚きが走る。年の割には血色の良い権蔵の顔が蒼くなる。

(この女の、妹？　あの店の女主人が、この女の妹？)

権蔵にとっては、思いもかけないことだった。

ここにも、時代の流れが表れている。鮫島のクラブのマダムが愛理紗の妹の美由紀であることは、問わず語りにほとんどの組員が知っていた。だが、銀星会の若い世代の者とほとんど親交の無い権蔵には、その噂を教えてくれる相手が居なかった。

会長の目がまた、一同の上を走る。

「みなも知っている通り、愛理紗は儂の女だ。その愛理紗の妹であることを知っていて、敢えてそういう横車を押してくるとすれば、それはこの銀星会に対する、挑発行為に他ならぬ」

権蔵の顔色はますます蒼くなっていく。会長が本気で怒っていることが、その様子から読み取れた。

隣りに座っている愛理紗が、突然わっと泣き出した。

「妹は、私の妹は、本当はあんな仕事をするはずじゃなかったんです。真面目な子で、学校の成績も良かったし、素直だし、本当はちゃんとしたところに就職して、堅気の人と幸せな結婚のできる娘だったんです。それが、姉の私のせいで、まともにお天道様を見られない世界に呑み込まれてしまって、それだけでも可哀そうなのに、こんな事件に巻き込まれてしまって……」

あとはもう、言葉にならない。滂沱《ぼうだ》の涙を流しながら、会長の懐にしがみ付いている。年を取って涙もろくなっている会長も、愛理紗の肩を支えながら涙目になっている。

その場に座っている一同、シンと静まりかえる。

別に、愛理紗に同情している訳ではない。自分の愛人を悲しませている相手に対する会長の怒りがどれ程のものか、それを想像して背筋を寒くしているのだ。

店を襲った犯人は、嬲り殺しにされる。それも、身の毛もよだつようなやり方で。

「この銀星会の威信に掛けて、犯人を捕らえろ」

感情を押し殺した声で、会長は一座の人間に命じる。おうという元気の良い返事が返ってくる。特に、座布団を与えられていない小さな組の組長たちは、勢いのある声を上げていた。

久しぶりの、大きな抗争になるかもしれない。久しぶりの出世のチャンスなのである。ここで大きな手柄を上げて、自分も座布団組に伸し上がってみせるという気負いが、ありありと見えていた。

権蔵はすっかり、顔面蒼白になっている。

(えらいことになった)

さすがの権蔵も震え上がらずにはいられない。事は既に、音羽組と鮫島組の内部抗争などというものではない。銀星会と音羽組の全面戦争になろうとしている。銀星会が総力を上げて、音羽組を狩り出そうとしているのだ。

権蔵一人の命なら、どうせ短い余生である。どうなっても構わない。だが、ことがここまで大きくなっては、組員全員の命が危ない。いや、組員の家族にまで累が及ぶかもしれない。

権蔵は、踏んではいけない虎の尾を踏んでしまったことを、今さらながら悔やんだ。

「殺すな。生け捕れ」

会長が言葉を継ぐ。

「儂の前で嬲り殺しにするんだ。分かったな」

再び、おうという声が上がる。

「死んでいなければ、後はどうなっていても構わん。目が潰れていようとも、両腕両足が無くなっていようとも、構わん。だが、殺すな。生きて儂の前に引き摺ってくるんじゃ。分かったか」

おう、と声が上がる。

「分かったなら、急いで組に帰れ。地の果てまでも追い詰めて、必ず儂の目の前に引き摺り出してこい！　行け！」

会長の声に組長たちは立ち上がり、我先に出て行った。走るように移動しながら、携帯電話を使って組に指令を飛ばしている組長も居る。鮫島のそばに駆け寄って、犯人に対する情報を聞き出そうとする者も居た。

（感謝するぜ、源次）

鮫島は、心の中で源次に礼を言う。

愛理紗を通じて会長に働きかけたのは、間違い無く源次だ。

会長に差し出す前に愛理紗にプロの娼婦としての仕込みを行った源次は、最後に愛理紗から、妹を頼むと言われていた。そのいきさつから言えば、今回の源次の行動はごく当然の話だ。

実は、鮫島自身も愛理紗から同じことを頼まれていた。

だが、かりにも一家を構え、漢《おとこ》を売り物にして生きている鮫島に、そんな告げ口めいた行動はできない。任侠道に生きる鮫島のプライドがそれを許さない。

源次もそのことを知っていた。だから、鮫島の代わりに自分がしゃしゃり出てきたのだ。日頃は銀星会の内部に深く関わることを嫌っていた源次が、あえて自ら愛理紗に連絡を取ることにしたのだ。

(源次、お前は最高の相棒だ)

相変わらず鮫島の周りを取り囲んでいる若い組長連中に対応しながら、鮫島は源次に対してどういう形で礼をすればよいか、考えていた。

権蔵はまだ、呆然として動けずにいる。ただ呆然として、いずれ自分と自分の組員たちに襲い掛かってくるはずの組長たちの殺気に満ちた喧騒を、ただ眺めている。

「どうした、音羽」

「え？　い、いや、何でもありません」

「お前も早く組に帰れ。そして、犯人を捜すのじゃ」

「は、はい！」

「銀星会を敵に回すとどうなるか、そいつに思い知らせてやる」

権蔵の顔がますます蒼くなる。黙って一礼すると、慌てて外に飛び出した。

車に乗り込み、近くに誰も居ないことを確かめて、権蔵は携帯電話を取り出した。

「音羽組」

愛想もこそも無く、組の名前だけを告げる声が電話の向こうから聞こえてくる。

「その声は、政か」

「あ、組長、お疲れ様です！　会合は、どうでやした？」

「どうもこうもねえ。おい、あのガキどもは今居るか」

「へえ、奥の部屋で酒を食らってやすが」

「ふん縛れ」

電話を掛けながら、権蔵は車のエンジンを掛けた。

「絶対に逃がすんじゃねえぞ。俺が戻るまで転がしておけ。分かったな」

乱暴なエンジン音を立てて、権蔵の車が発進していった。

権蔵が会長を呼び出したのは、その翌日のことだった。

黒塗りの車が二台、音羽組の正面に停まる。一台目の車から降り立ったのは、会長と、愛理紗の二人だった。二台目の車から、源次と鮫島、彰太、そして英俊に襲撃されて怪我をしたリサの四人が降りてきた。

音羽組の組員は、権蔵を含めて六人しか居ない。時代の流れに取り残された権蔵の許で、若い組員はなかなか居着かないのだ。

その六人の組員が、総出で会長を出迎える。もちろん、権蔵もその真ん中に居る。

「会長、ご足労いただき、申し訳ありません」

「昨日の今日でさっそく犯人を捕まえるとは、さすがは権蔵だな」

「畏《おそ》れ入ります」

会長に向かって深々と頭を下げながら、権蔵は額に滲んだ冷や汗を拭う。

会長は、今回の事件の黒幕が権蔵であることを知っている。酸いも甘いも嚙み分けてきた会長のことだ。それに気付かぬはずが無い。

知っていながら知らぬ振りをしてくれているのだ。それは、長年銀星会に忠誠を尽くし、命を懸けて働いてきた、権蔵に対する会長の心遣いだった。

だがその一方で、昨日みんなの前で言った会長の言葉も会長の本音であることは間違い無い。もし権蔵が迅速な処置を取らずに隠蔽工作などを行っていたら、音羽組の組員は一人残らず嬲り殺しにされていただろう。

そう考えると、権蔵の全身から嫌な汗が噴き出してくるのだった。

「これが、お前の組の人間全員か？」

「へえ、その通りで」

「欠けている人間は居ねえな？」

「へえ」

会長は、さり気無く鮫島の顔を見る。鮫島は、小さく頷く。権蔵の言葉に間違い無いというサインだった。

会長は、愛理紗の背中に腕を回し、前に押し出した。

「こいつが、今儂が一番かわいがっている女だ」

「存じ上げております」

「こいつに、お前のところの若い衆を紹介してやってくれ」

「へえ」

権蔵は、並んでいる組員の右端から、その名前を告げていく。紹介された組員はそれぞれ、愛理紗に向かって丁寧な挨拶をする。愛理紗はそれを、目礼で受けた。

実は、この挨拶には別の意味がある。

今日、同道した者の中に彰太が入っているのは、英俊たちが処刑されるのを確認させて、真里亜を安心させるためだ。そして、襲撃されたリサが同道しているのは、犯人の首実検をするためだった。

襲撃の実行犯が若いチンピラの一団であることは会長も聞いている。だが、だからと言って音羽組の組員がまったく関係していないとは限らない。

会長は、愛理紗と組員に顔合わせさせる態《てい》を取って、リサに一人一人の顔と声を確認させているのだ。彼女を襲った犯人がこの中に居ないかどうか、調べているのだ。

もしこの間、リサの様子に少しでもおかしな反応があったら、その時点で音羽組は壊滅だ。

組員たちの顔にも、権蔵の顔にも、極度の緊張の色が滲んでいた。

最後の組員が紹介される。愛理紗が、静かに目礼する。会長はリサの方に顔を向けた。

リサの頭が、小さく縦に振れる。大丈夫だというサインだ。会長もまた、小さく頭を振る。分かったという意味だ。

そして会長は、権蔵の方に顔を向けた。

「犯人のところに、案内してもらおうか」

組員たちの緊張が、一気に解ける。

「こちらです。どうぞ」

組員の一人に導かれて、一同は音羽組の地下室へと降りていった。

地下室の広さは、八畳くらいだろうか。かび臭い、コンクリートの打ちっ放しの部屋である。天井から裸電球が一つぶら下がっているだけで、窓も無い。本当に、物置に利用するためだけに作られたような部屋だ。

その床に、五つの棺桶が並べられている。棺桶の中には、一杯にコンクリートが詰まっているが、どの棺桶のコンクリートにも、一箇所だけ、大きめの穴が穿《うが》たれていた。

その穴の底に、顔がある。

権蔵は、実行犯の若者たちを、この棺桶の中にコンクリート詰めにしたのだ。顔の部分だけコンクリートをかけなかったのは、犯人の首実検をさせるためだった。

並んでいる顔は、どれも口に猿轡を噛まされている。襲撃の指示を出したのが権蔵であることを、喋らせないための用心だった。

「あああっ！」

生き埋めにされている若者たちの顔を見たリサの顔が、恐怖に引き攣る。

「お前を襲ったのは、この男たちか」

会長がリサに訊く。ホステスは、さも恐ろしそうな様子でこくりと頷く。会長は、一人の男の額を、杖で打ち付けた。

「ぐ、ぐぐう！」

「この声に、聞き覚えはあるか」

リサがまた、こくりと頷く。

「権蔵、よくやったな。大したものだ」

権蔵の顔を立ててやるように、会長が褒めた。権蔵はまた、背中に冷や汗を掻きながら、頭を下げた。

「愛理紗」

「はい」

「お前とこの女はもう良い。終わるまで、上で待たせてもらえ」

「私は別に、見ていても平気ですけど」

「良いから上に行っていろ」

「はい」

愛理紗が、リサを連れて出ていこうとする。権蔵に指示された組員が、慌てて案内に立つ。源次と擦れ違う瞬間、愛理紗と源次の目が合った。

その瞬間を、彰太はたまたま目撃した。二人の視線が絡み合ったその時、何やら熱いものがぱっと燃え上がったような気がした。

ほんの一瞬のことである。二人はすぐに視線を逸らせ、愛理紗は何食わぬ顔で源次と擦れ違っていく。源次は源次で、そ知らぬ顔でそれをやり過ごす。

彰太はその時、もしかするとこの二人は愛し合っているのではないかと思った。もしかすると二人は、彼女が会長の許に行かされる前に、恋仲だったのではないか。

だが、もしそれが真実だったとしても、きっとそれは口にしてはいけないことなのだ。彰太は自分の思い付きを忘れることにした。自分の師匠に当たる源次に迷惑をかけてしまいそうな思い付きを口にしてはいけないと、そう思ったのだ。

女性二人が姿を消すと、会長は権蔵の方に向き直った。

「始めろ」

「へい」

権蔵が、組員たちに指示する。

床には、大きな薬缶《やかん》が幾つも並んでいた。その薬缶の中には、なみなみと海水が入っている。

「ぐ、ぐぐうっ！　ぐううっ！」

「ううっ！　うううううっ！」

若者たちは、組員が何をしようとしているのか察して真っ青になっている。泣き喚きながら、許しを乞うような目付きで権蔵の方を見ている。

権蔵は、知らぬ顔を決め込んでいた。

「主犯格の男は最後に残しておけ」

会長が言った。

「仲間が死ぬさまをじっくり眺めさせてから、最後に殺してやる」

「へえ」

権蔵が合図を送る。両端の二人から、棺桶の中に海水が注ぎ込まれていく。

「むうっ！　う、うっぷっ！」

「ぐふ、げほっ、げほっ！」

顔の上から注がれる海水に、二人は頭を必死で振る。本当は全身で抵抗したいのだろうが、両手も両足も、胴体さえもコンクリートで固定されていて、動かせるのは首から上だけなのだった。

やがて、二人の声が途切れる。顔全体が海水の中に浸かってしまって、声も出せなくなったのだ。ただ、口や鼻からこぼれ出てくる気泡が、ブクブク音を立てているばかりだった。

二つの棺桶がガクガクと揺れ始める。断末魔に男たちが暴れる力が、棺桶を揺り動かしているのだ。コンクリートの詰まった棺桶の重量は相当なもののはずなのに、すさまじい力である。

やがてその動きが止まる。気泡も浮いてこなくなる。

棺桶を囲んだ男たちは、その様子を冷ややかに見つめている。彰太だけが、真っ青な顔をして言葉も無く立ち尽くしていた。

「次だ」

「へえ」

次の二人が処刑される。生き残っているのは、英俊の一人になる。

英俊の足掻き方は、他の仲間の誰よりも激しかった。海水を注ぎ込む前から、英俊の棺桶はがたがた揺れていた。

「ううっ！　うぐぐっ！」

恐怖と怒りに引き攣った顔が、権蔵を睨みつけている。必死で頭を振っているのは、何とか猿轡から抜け出して、権蔵の不実をその場の人間に訴えかけようとしているのだ。

権蔵の顔が、緊張で引き攣っている。口が自由になった英俊が、余計なことを口走ることを恐れて、冷や汗を掻いている。

権蔵はポケットの中の銃を握った。場合によっては、英俊をその銃で射殺するつもりだ。

そんな権蔵の様子を、会長は冷ややかに眺めている。

その時突然、源次が口を挟んできた。

「若いの、そんなに助かりたいのか？」

英俊の縋るような怯えた目が、源次に向けられる。

「本当は、死にたかったんじゃないのか？」

英俊の顔が、呆《ほう》けたような顔になる。そして、驚いたように源次を見る。

その目は、お前は一体何を言っているのだと問い掛けているようにも見えるし、図星を指されて驚いているようにも見える。

「お前の心の中には、怪物が棲んでいる。その怪物から解放されるためには、死ぬしかない。早く誰かに殺してもらって、この怪物から救ってもらいたい。ずっとそう思っていたんじゃないのか」

「ううっ！　ううううっ！」

源次の顔が、ニヤッと笑う。

「俺はお前みたいな奴を、腐るほど見てきたからな」

「なるほど」

会長は、合点がいったという様子で頷いてみせた。

「するとここでこの男を殺すことは、この男を救ってやることでもある訳だ」

「うくうっ！　ひぃぃぃぃぃっ！」

「やれ」

「ぐぐっ！　う、うぷぷっ！」

会長の命令で、海水が注がれる。海の水のシャワーを浴びながら、英俊は力の限り叫び続ける。

やがて、その声が途切れる。ブクブクブクと、気泡の弾ける音がする。まるでポルターガイストのように、英俊の棺桶が揺れ動く。

そして、静寂が訪れる。気泡も浮いてこなくなり、棺桶の揺れもすっかり鎮まる。

松川英俊は死んだ。彼の心に棲む怪物も、同時にその命を絶った。

鮫島は、彰太を見る。彰太は、恐怖のあまり、今にも気を失ってしまいそうな風情に見えた。

「兄ちゃん、真里亜にちゃんと伝えてやりな」

「は、はい」

「もう、怖がる必要は無くなったってな」

「は、はい」

彰太は、込み上げてくる吐き気を必死で抑えながら、海水のプールの底の英俊の死に顔を眺めていた。


真里亜と彰太は元の町に戻ってきた。真里亜はまた『レディ・アン』で働き始めた。全ては英俊の現れる前と同じに戻った。

一つだけ変わったのは、真里亜と彰太の関係だ。

今日も『カリギュラ』は、夜の住人たちの喧騒で騒がしい。その中に、仲睦まじく肩を寄せあう真里亜と彰太が居た。

『カリギュラ』の客たちのアイドルだった真里亜がなぜか風采の上がらぬ彰太を選んだことに、客たちも初め戸惑った。彰太に対して嫉妬の目を向けるものも何人か居た。

だが、客たちはすぐにその関係に慣れていった。今では、こうして二人が並んでいちゃついていても、注意を払う者も居ない。

他人の畑を荒らすなという不文律もある。真里亜を口説きに来る男は誰一人居なくなった。話しかけてくるとしてもそれは単なる世間話で、それ以上の関係を狙ったものではなくなった。

「あ、いらっしゃい」

源次と鮫島が入ってきたのを見てマスターが挨拶をする。二人は真里亜と彰太に目だけで挨拶をすると、そのままカウンターに腰を掛けた。源次はバーボンウィスキーのオンザロックを、鮫島はブランディを注文して、何やら楽しそうに世間話を始めた。

「へえ、えらいことだなあ」

マスターが時間潰しに点けていたテレビで、強盗殺人事件の報道が流れていた。一人暮らしの老婆の家に強盗が押し入り、気づかれた老婆を刺し殺したのだという。騒ぎを聞きつけた近所の住民の通報で、犯人は間も無く逮捕されている。

このニュースを聞いて真里亜は震え上がり、彰太の腕にしがみ付いた。

「私、怖い」

「大丈夫だよ。事件が起こるたびに報道されてるから頻繁に起こっているみたいに感じるけど、あんなことはめったに起こらないんだから」

「でも、本当に起こるかもしれないじゃない」

そう言って真里亜は、ますます強く彰太の腕にしがみ付いてくる。見ると、目に涙さえ浮かべている。

「どうしたの？」

真里亜は答えない。ただ、彰太の袖にしがみ付きながら、めそめそと泣くばかりだった。

「怖いの？」

彰太が訊くと、真里亜はこくんと頷き、また彰太の腕にしがみ付いてくる。涙が本格的に流れ出してきて、肩が小刻みに震えている。

彰太は途方に暮れた。最近、真里亜は特に神経質になってきている。ちょっとしたことですぐに涙を流す。特に死亡者の出た事件・事故のニュースには、過剰に反応する。

やはり、英俊とのことがまだ尾を引いているのだろうか。もしかすると、英俊が殺されてしまったことがショックだったのかもしれない。

「死にたくない」

いっそう激しく肩を震わせながら、真里亜はしゃくり上げながら泣いている。

「怖い。私、死にたくない。死にたくない」

「落ち着いて、ミンクちゃん。どうしてそんなに、怖がるの？　まだ何か、心配なことがあるなら、僕に言ってごらん」

だが、真里亜は黙ってかぶりを振るだけだった。

「言ってくれなくちゃ分からないよ。頼むから、僕に教えてよ」

「相変わらず、女心の分からない奴だなあ、兄ちゃん」

「あ、ホオジロさん」

いつの間にか後ろに立っている鮫島に、驚いて彰太が振り返る。鮫島はにたにたと楽しそうに笑いながら、真里亜の泣き顔を眺めている。見ると、まだカウンターに座ったままの源次も、笑っていた。

「要するに、この子が言いたいのはだな、兄ちゃんと一緒に居られて幸せだ、この幸せな時間を終わらせたくない、いつまでもずっと、このままでいたいってことだよ」

「そうなの？」

真里亜は拗ねたような目付きで彰太のことを睨む。私のことを愛しているなら、どうしてそんなことが分からないのだとでも言いたげな様子だった。

そして、ぷいっと横を向いてしまう。

「あ、ミンクちゃん……」

彰太は慌てて、真里亜の顔の向いた方に回り込む。真里亜は逆の方にプイと顔を向ける。意地になって真里亜は、彰太の視線を避けようとし続ける。

それでいて腕だけは、ますます強く彰太にしがみ付いていくのだった。

(私、何をしているのだろう)

真里亜は自分でも、自分が分からなくなっていた。

彰太と付き合い始めてから、どんどん自分が幼稚な女になっていくのが分かる。気付いていながら、自分でそれを止められなかった。

以前の真里亜は、そういう甘えた女たちが大嫌いだった。その、大嫌いな女と同じ人間に、今、自分はなってしまっている。

でも、まあいい、とも思う。

考えてみれば、真里亜は年相応の恋愛を、まだしたことが無かった。恋をする前にセックスを覚えてしまった真里亜は、若いうちから大人のような恋ばかりをしてきた。そしてそれはきっと、不幸なことなのだ。

今、真里亜は初めて年相応の恋愛をしているのだ。だからこれは悪いことではないのだと、真里亜は自分に言い聞かせた。

（そうよ。私はまだ、十七歳なんだもの）

家出してきてから、生活費を稼ぐために年を誤魔化し続けてきたが、真里亜は十六歳の少女だった。先日誕生日を迎えて、やっと十七歳になったばかりなのだった。

（十七歳の小娘の恋愛が、青臭くって何が悪いものか）

彰太は相変わらず、真里亜の顔を追いかけ続けている。真里亜も頑なに、顔を逸らし続ける。

だが、真里亜の瞳に溢れていた涙は、いつの間にか乾いていた。付き合いきれないと席に戻ってしまった鮫島は、源次と二人で、若い二人のじゃれ合いを微笑ましそうに眺めていた。

この作品は書き下ろしです。原稿枚数413枚（400字詰め）。

GENTOSHA OUTLAW BUNKO

悪女《あくじょ》の戦慄《わなな》き

夜《よる》の飼育《しいく》

越後屋《えちごや》

平成19年12月10日　初版発行

発行者――見城徹
発行所――株式会社幻冬舎
〒151-0051東京都渋谷区千駄ヶ谷4-9-7
電話　03(5411)6222(営業)
　　　03(5411)6211(編集)
振替00120-8-767643
印刷・製本―中央精版印刷株式会社
装丁者――高橋雅之

幻冬舎アウトロー文庫

ISBN978-4-344-41063-3　C0193　　O-71-6